재일코리안, 3色의 경계를 넘어

고즈윈은 좋은책을 읽는 독자를 섬깁니다.
당신을 닮은 좋은책 — 고즈윈

재일코리안, 3色의 경계를 넘어

신명직 지음

1판 1쇄 발행 | 2007. 1. 10.

발행처 | 고즈윈
발행인 | 고세규
신고번호 | 제313-2004-00095호
신고일자 | 2004. 4. 21.
(121-819) 서울특별시 마포구 동교동 200-19번지 501호
전화 02)325-5676 팩시밀리 02)333-5980

값은 표지에 있습니다.
ISBN 978-89-91319-81-3

고즈윈은 항상 책을 읽는 독자의 기쁨을 생각합니다.
고즈윈은 좋은책이 독자에게 행복을 전한다고 믿습니다.

재일코리안

3色의 경계를 넘어

신명직 지음

고즈윈
God'sWin

얼마 전 규슈 남쪽에 있는 가고시마현의 도자기마을을 다녀왔
다. 일본 땅에서 15대째 '코리안'의 이름을 간직한 채, 가업으로 도
자기를 굽는 곳이었다. 한국의 교과서에도 실려 있는 심수관(沈壽
官) 선생이 계신 곳으로, '심수관'이란 이름은 12대 때부터 쓰고 있
는 습명(襲名, 선대의 이름을 계승함)이다. 4백 년 전 정유재란으로 일
본으로 오게 된 심당길 씨의 14대손인 심수관 선생을 만나고 돌아
오면서 많은 생각이 교차했다. 그중 하나가 심수관 선생을 우린 뭐
라고 불러야 할까 하는 것이었다. 4백 년 넘게 조선의 문화를 유지
하면서 살아왔으니 '재일조선인'이라고 불러야 하는 것일까?

심수관 선생의 가마터로부터 불과 백 미터도 떨어져 있지 않은
곳에 위치한 '도고 시게노리(東鄕茂德, 한국명: 박무덕)'의 기념관에
들른 뒤 이 같은 고민은 더욱 깊어 갔다. 4백 년 전 심당길과 함께
도공으로 사쓰마(현 가고시마)에 끌려온 박평의의 후손으로, 일제
말기 외상을 지냈고, 미국과의 전쟁을 반대했으나 이후 종전협상
과정에서 '천황제'만은 반드시 지켜내고자 외교력을 발휘했던 그이

다. 도쿄재판에서 A급 전범 판정을 받아 끝내 옥사해 '야스쿠니 신사'에 묻혔으며, 심수관 일가와도 긴 세월 동안 깊은 관계를 맺어온 그를, 대체 우리는 뭐라고 불러야 할지 막연했다.

그 같은 막연함 혹은 혼란스러움은 '재일코리안'에 관한 글을 쓰기 시작한 이래 줄곧, 그러니까 7년 동안 내내 나를 괴롭혔다. 아직도 혼란의 끝은 보이지 않는다. 어쩌면 일본에 발을 딛고 살아가는 동안 이 '호명'에 관한 문제는 업보처럼 나를 따라다닐지 모르겠다.

그런데도 나는 이 글의 들머리에 "내가 재일코리안이 되었다고 느낀 순간"이란 표현을 집어넣었다. 감히 스스로를 '자이니치(혹은 재일)'의 범주 속에 집어넣은 것이다. 종종 "당신은 '뉴커머'이지 '자이니치'가 아니다"라는 말을 듣기도 한다. 하지만 나는 내가 이곳 일본에서 월급을 받고 적으나마 '원천징수세'라는 것을 뗀 이후, 스스로를 '일본 국가와 권리 및 의무관계를 맺은 한국국적을 가진 사람' 곧 '재일코리안'으로 명명하기로 했다. 식민지 시기 일본으로 이주해 온 이들과 비록 단절되었을지언정 '역사성'을 공유하는 복잡다단한 '재일코리안'의 대열에 나를 편입시키기로 한 것이다. 결국 '재일코리안'의 문제는 '타자'의 그것이 아닌 '나'의 문제가 되었는데, 나는 그것을 '운명'이라 부르기로 했다.

여기에 실린 글들은 7년 전부터 써 온 이러저러한 글 가운데 특히 '재일코리안'과 관련된 것만을 추려 모은 것이다. 예전에 쓴 글을 읽어 가면서 참 많은 생각들이 부침을 거듭했다. 그중에서도 제일 흥미로운 것은 명칭의 변화였다. 7년 전 나는 '재일교포' 혹은 '재일동포'라는 표현을 섞어서 쓰고 있었는데, 얼마 지나지 않아 '재일교포'라는 표현 대신 '재일동포'라는 표현만을 쓰고 있었다. 아마도 '교포'보다는 '동포'라는 표현이 보다 진한 어떤 '조국애' 같은 것을 느끼게 했기 때문이었던 것 같다.

하지만 '교포'니 '동포'니 하는 것은 아무래도 '본국 중심'의 표현법이라는 생각이 들었다. 한반도의 남과 북을 '본국' 혹은 '중심'으로 설정하고, 일본에서 살아가는 이들을 품어 안아야 할 그 어떤 '대상' 쯤으로 여기고 있다는 느낌이었다. 그 이후부터 쓰기 시작한 것이 '자이니치(재일)'라는 표현이었던 것 같다. '재일조선인'과 '재일한국인'이란 표현이 혼재되어 있는 상태에서 그 어느 쪽도 명명하지 말자는 것이 하나의 이유였지만, 그보다는 실제 대다수 일본인이나 본인 스스로도 '자이니치'란 표현을 쓰고 있었기 때문이었다.

그러다 문득 일본에 살고 있는 '재일외국인'이 모두 '재일코리안'은 아니지 않은가 하는 생각이 들었다. '재일중국인'이나 '재일필리핀인'을 두고 '재일코리안'만을 '자이니치(재일)'로 부르는 것은 어딘가 잘못되었다는 생각이 든 것이다.

내부가 아닌 외부에서 바라보았다면 아마도 나는 끝내 '자이니치(재일)'가 아닌 '재일코리안'이란 표현을 사용하지 않았을지 모른다. '자이니치(재일)'란 늘 핍박받고 고통받는 존재라는 사실만을 강조하기 급급했을 것이다. 하지만 '내부'에 위치한다는 것은 '성찰'을 가능하게 하는 것이었다. 또 다른 '재일 이주 및 정주자(외국인)'와의 '소통'을 환기시키는 것이기도 했다.

돌이켜보면 '재일교포'에서 '재일동포'로, 다시 '자이니치(재일)'에서 '재일코리안'으로 표현이 바뀌어 온 것 자체가 실은 일종의 자기성찰의 결과라 할 수 있다. 그 같은 성찰은 '재일코리안'에게 주어진 이러저러한 '경계'에 관한 성찰을 의미하는 것이기도 했다. 재일코리안과 남북의 경계, 재일코리안과 일본인의 경계, 그리고 재일코리안 내부 혹은 다른 재일 이주 및 정주자와의 경계를 어떻게 넘어왔으며 또한 넘을 것인가 하는 문제들, 재일코리안과 관련된 '세 개의 경계 넘기'란 과제가 새롭게 내 눈앞에 그 모습을 드러내기 시작한 것이다.

그 첫 번째 경계에 해당하는 재일코리안과 '남북'의 경계에 대한 성찰은, 그동안 많이 거론되어 왔음에도 불구하고, 늘 어떤 정식화된(스테레오 타이프화된) 접근 방식으로 진행되어 왔다. 이를테면 '조선학교'에 관한 접근 방식만 해도 그렇다. 힘들게 지켜 온 학교이기 때문에 민단, 총련 할 것 없이 열심히 도와주어야 하지 않겠느냐는 인식은 무척 소중하고 '필요'한 것이긴 하지만, 그 같은 인식이 '충분'한 것이라고는 할 수 없을 것이다. '조선학교' 학생들의 반 수 이상이 '남쪽'의 국적을 갖고 있으면서도 왜 '북쪽 일변도'의 교육을 받아야 하는지, '남북을 아우르는 교육'은 사실상 불가능한 것인지 등등을 우리는 고민해야만 하며, 그 대안까지 찾아내야만 하기 때문이다.

재일코리안과 일본인 사이의 경계 역시 마찬가지다. '한국의 보통사람들'과 '일본의 보통사람들' 사이의 경계를 어찌할 것이냐고 묻는다면 아마도 '민간교류'라는 대답에서 대부분의 한국 사람들은 멈춰 설지 모른다. 어떤 이들은 '민간교류' 이전에 비판부터 해야 한다며 흥분할지도 모른다. 하지만 우리는 '일본 국가'와 '일본의 보통사람들'이 동일하다는 편견에서 우선 자유로워질 필요가 있다.

대다수의 일본 사람들은 '평화'가 소중하다고 이야기한다. 하지만 최근 일본 정부는 동아시아의 평화보다 대결을 중시하는 정책을 세우는 경향이 있다. 이럴 때 과연 평화를 사랑하는 한국의 보통사람들은 어떤 태도를 취해야 할까. 평화를 사랑하는 일본의 보통사람들과 힘을 합해 평화보다 대결을 중시하는 소수의 반평화주의자들에 대항해야 하는 것 아닐까. '일본 국가'와 '일본의 보통사람들'을 동일시해서, '일본의 보통사람'까지 '일본'이란 하나의 틀에 묶어 모두 적으로 몰아붙인다면, 이를 과연 '평화와 공생'을 위한 것이라 할 수 있을까.

동아시아의 평화와 공생이란 '한국인'과 '일본인' 혹은 '중국인'이라는 각각의 '국민'으로서의 접근법이 아니라, 평화와 공생을 추구하는 같은 '동아시아의 시민'이란 인식으로부터 출발해야만 할 것이다. 평화와 공생이 아닌 대결과 전쟁으로 문제를 해결하려는 세력은 일본 뿐 아니라 한국에도 중국에도 존재한다.

한국에서 '남과 북'의 경계선을 '대결과 전쟁'이 아닌 '평화와 공생'으로 대체하기 위해 제안된 '햇볕정책'의 개념은, '한국인과 일본인' 혹은 '재일코리안과 일본인' 사이의 정책으로 새롭게 제안될

필요가 있다.

끝으로 재일코리안 내부의 경계 혹은 다른 재일 이주·정주자와의 경계란 '재일코리안'의 외부가 아닌 내부를 들여다봄으로써 확인 가능한 것이라 할 수 있다. 지금까지 '재일코리안'에겐 대립항으로서의 '가해자 일본'이 일종의 수식어처럼 늘 따라다녔다고 해도 과언이 아니다. '가해자 일본'의 존재는 사실이거나 사실에 가깝다. 하지만 그것이 전부인 것은 아니다. 선과 악 혹은 가해자와 피해자라는 단순한 이분법은 단적으로 스스로 '성찰'이 부족했음을 고백하는 것과 같다. 최근 '재일코리안'을 그린 일본의 문학작품들(혹은 영화) 속에서 이 같은 '자기성찰'에 근거한 중층적 관점의 작품들을 찾아볼 수 있다. 영화화된 가네시로의 소설 「GO」를 비롯해 재일코리안 3세의 고민을 그린 영화 「靑Chong」('Chong'이란 '조선인'을 비하해서 부르는 표현)이나 「안녕 김치」('안녕'은 만날 때뿐 아니라 헤어질 때도 쓴다.)가 이에 해당하는 작품이라 할 수 있다.

양석일의 소설 가운데 「피와 뼈」는 재일코리안 내부의 '남성폭압적인 면'을 들춰낸 작품이라 할 수 있고, 「밤을 걸고서」는 재일코리안 모두가 '도둑놈'들이라는 설정이지만 상황이 부여한 아이러니는 이를 반전시키고 웃음을 선사하기도 한다. '피해자 자이니치'의 얼굴만이 아닌 다양한 '재일코리안'의 얼굴을 만날 수 있다. 특히 양석일의 소설 「택시 광조곡」을 영화화한 「달은 어디에 떠 있는가」는 재일코리안 내부의 '성찰'을 넘어 또 다른 '재일 이주·정주자'와의 '소통'을 꾀하기도 한다. 물론 몇십 년 전 자신의 모습을 떠올리게 하는 새로운 '불법체류 이주자'들과의 소통이란 그리 만만치 않다. 하지만 그것은 특히 '근대'가 시작된 이래 지금까지 지속되어온, 국경을 넘어선 동아시아 '근대도시'들의 '유혹'과 '이주'(혹은 강제이주)의 역사 속에 '재일코리안'을 위치 짓는 것이라고 할 수 있다. 이는 재일코리안들이 '과거'가 아닌 '현재'를 사는 것이자, '미래'와의 관련성을 획득하는 순간이기도 하다.

이 책에 실린 글들은 '재일코리안'들에 대한 '또 다른 견해'라 할 수 있다. 또 다른 견해를 이해하려는 노력은 '소통'의 시작인 동시에 '경계'를 넘으려는 어떤 마음가짐과도 같다. 조선학교라는 경계를 넘어, 코리아와 일본의 경계를 넘어, 동아시아의 이웃들과 함께 살아가기 위하여 애쓰시는, 특히 동아시아의 공생을 위한 새로운 재일코리안의 학교를 세우느라 고생하시는 모든 분들께, 보잘것없지만 이 책을 바치고자 한다. 마음 속 깊은 존경을 담아 이 글을 바친다.

구마모토에서

신명직

차례

머리말 · 5

3부 재일코리안 내부 그리고
재일이주 · 정주자와의 경계 넘기

재일 경계 코리안

일코리안이 되었다고 느낀 순간, 제일 먼저 가보고 싶은 곳은 '조선학교'였다. 처음 '조선학교'의 정문을 지날 땐 무척 두근거렸고 한편으론 두려
를 방문하는 횟수가 거듭되면서 조선학교가 궁극적으로 추구하는 교육이란 어떤 것인지에 대한 회의 역시 늘어만 갔다. 어려운 가운데 '우리말
모와 아이들 상당수는 '남과 북'을 넘어서는 교육을 원하지만, 고향으로 난 길은 여전히 북쪽 일방통행이었다. 물론 최근 '남과 북'의 경계를 넘
가 하면, 같은 이유로 수십 년간 조선학교에 몸담았던 교사가 사실상의 해직 처분을 받기도 하였다. 물론 절망은 금물이다. 힘든 가운데서도 경
로 남아 있다. 제일코리안 내부의 남과 북도 그렇지만 제일코리안과 고국 사이의 경계도 그리 만만치 않다. 일본 내에서 한국의 민주화를 위해
마나 높고 깊었는지를 짐작게 하는 대목이다. 실제로 한국에서 1980년대에 민주화운동을 하던 사람들 사이에선, 절대 제일교포를 만나선 안 된
도 많이 허물어졌지만, 군사 독재 정권 시절 반국가 단체라는 낙인이 찍힌 제일코리안들과 한국 사이의 경계넘기란 그리 쉽지만은 않다. 하지만
도 한다. 윤도현밴드가 도쿄 조선학교 강당에서 노래를 부르기도 하고, 오사카 '원코리아 페스티벌' 예선 총련과 민단 구분 없이 한데 어울려 함

일코리안이 되었다고 느낀 순간, 제일 먼저 가보고 싶은 곳은 '조선학교'였다. 처음 '조선학교'의 정문을 지날 땐 무척 두근거렸고 한편으론 두려
를 방문하는 횟수가 거듭되면서 조선학교가 궁극적으로 추구하는 교육이란 어떤 것인지에 대한 회의 역시 늘어만 갔다. 어려운 가운데 '우리말
모와 아이들 상당수는 '남과 북'을 넘어서는 교육을 원하지만, 고향으로 난 길은 여전히 북쪽 일방통행이었다. 물론 최근 '남과 북'의 경계를 넘
가 하면, 같은 이유로 수십 년간 조선학교에 몸담았던 교사가 사실상의 해직 처분을 받기도 하였다. 물론 절망은 금물이다. 힘든 가운데서도 경
로 남아 있다. 제일코리안 내부의 남과 북도 그렇지만 제일코리안과 고국 사이의 경계도 그리 만만치 않다. 일본 내에서 한국의 민주화를 위해
마나 높고 깊었는지를 짐작게 하는 대목이다. 실제로 한국에서 1980년대에 민주화운동을 하던 사람들 사이에선, 절대 제일교포를 만나선 안 된

일코리안이 되었다고 느낀 순간, 제일 먼저 가보고 싶은 곳은 '조선학교'였다. 처음 '조선학교'의 정문을 지날 땐 무척 두근거렸고 한편으론 두려
를 방문하는 횟수가 거듭되면서 조선학교가 궁극적으로 추구하는 교육이란 어떤 것인지에 대한 회의 역시 늘어만 갔다. 어려운 가운데 '우리말
모와 아이들 상당수는 '남과 북'을 넘어서는 교육을 원하지만, 고향으로 난 길은 여전히 북쪽 일방통행이었다. 물론 최근 '남과 북'의 경계를 넘
가 하면, 같은 이유로 수십 년간 조선학교에 몸담았던 교사가 사실상의 해직 처분을 받기도 하였다. 물론 절망은 금물이다. 힘든 가운데서도 경
로 남아 있다. 제일코리안 내부의 남과 북도 그렇지만 제일코리안과 고국 사이의 경계도 그리 만만치 않다. 일본 내에서 한국의 민주화를 위해
마나 높고 깊었는지를 짐작게 하는 대목이다. 실제로 한국에서 1980년대에 민주화운동을 하던 사람들 사이에선, 절대 제일교포를 만나선 안 된

일코리안이 되었다고 느낀 순간, 제일 먼저 가보고 싶은 곳은 '조선학교'였다. 처음 '조선학교'의 정문을 지날 땐 무척 두근거렸고 한편으론 두려
로 남아 있다. 제일코리안 내부의 남과 북도 그렇지만 제일코리안과 고국 사이의 경계도 그리 만만치 않다. 일본 내에서 한국의 민주화를 위해

남북

재일코리안과 남북코리안의 경계 넘기

재일코리안이 되었다고 느낀 순간, 제일 먼저 가 보고 싶은 곳은 '조선학교' 였다. 처음 '조선학교' 의 정문을 지날 땐 무척 두근거렸고 한편으론 두렵기조차 했다. 해야 할 일이 무척 많을 것 같았다. 재일코리안 에게 조선학교가 갖는 의미라든가, 조선학교에 가는 아이들의 국적 등 알고 싶은 것도 점점 늘어갔다. 하지만 학교를 방문하는 횟수가 거듭되면서 조선학교가 궁극적으로 추구하는 교육이란 어떤 것인지에 대한 회의 역시 늘어만 갔다.

어려운 가운데 '우리말' 을 지켜온 그 크고 소중한 노고와 헌신에 이의를 달 사람은 아무도 없을 것이다. 하지만 현재 조선학교가 처한 시대적 상황은 분명 그 이상을 요구하고 있었다. 조선학교 학부모와 아이들 상당수는 '남과 북' 을 넘어서는 교육을 원하지 만, 고향으로 난 길은 여전히 북쪽 일방통행이었다. 물론 최근 '남 과 북' 의 경계를 넘어서기 위한 다양한 시도를 꾀하고 있는 것은 사실이지만, 그 결과는 여전히 절망적이다. '남과 북을 아우르는 교육' 을 시도했다는 이유로 지방의 조선학교 이사장이 파면되는 가 하면, 같은 이유로 수십 년간 조선학교에 몸담았던 교사가 사 실상의 해직 처분을 받기도 하였다.

물론 절망은 금물이다. 힘든 가운데서도 경계를 넘기 위한 다양한 방식의 교류가 지금도 끊임없이 시도되고 있기 때문이다. 하지만 어떻게 경계를 넘을지 어떤 방식으로 교류를 지속시킬 것인지는 여전히 미지의 영역으로 남아 있다.

재일코리안 내부의 남과 북도 그렇지만 재일코리안과 고국 사이의 경계도 그리 만만치 않다. 일본 내에서 한국의 민주화를 위해 오랫동안 노력해 왔던 한통련 의장 등이 40년 만에 고향 땅을 밟게 되었는데, 한통련이 40년 동안 한국 땅을 밟을 수 없었다는 사실은 재일코리안과 한국 사이에 놓인 경계가 얼마나 높고 깊었는지를 짐작케 하는 대목이다. 실제로 한국에서 1980년대에 민주화운동을 하던 사람들 사이에선, 절대 재일교포를 만나선 안 된다는 금기 같은 것이 있었는데, 그것은 자기도 모르는 사이에 이른바 '간첩단 사건' 같은 것에 휘말릴 가능성이 컸기 때문이다. 한국 사회가 민주화되면서 그 같은 금기의 영역도 많이 허물어졌지만, 군사 독재 정권 시절 반국가 단체라는 낙인이 찍힌 재일코리안들과 한국 사이의 경계넘기란 그리 쉽지만은 않다. 하지만 그 경계선 위를 넘나드는 사람들이 점차 많아져 이제 그곳엔 작은 길이 나기 시작했음을 느낄 수 있다.

남과 북과 재일코리안의 또 다른 경계넘기는 '음악'을 통해 이루어지기도 한다. 윤도현밴드가 도쿄 조선학교 강당에서 노래를 부르기도 하고, 오사카 '원코리아 페스티벌'에선 총련과 민단 구분 없이 한데 어울려 함께 노래를 부르기도 한다. 원코리아 페스티벌에선 남과 북을 넘어 일본과 동아시아의 상생을 노래하기도 한다. 도쿄와 오사카에서의 노래와 문화를 통한 남과 북의 경계넘기에 대해서도 생각해 보았다.

01 남과 북을 아우르는 '조선학교'는 가능한가

줄어드는 아이들, 문 닫는 학교… 남북을 아우르는 교육으로 거듭나기

흔히 '조총련계 학교'라고 불리는 일본의 조선학교. 흰색 저고리와 검정 치마를 교복으로 입는 학교, 북의 일본인 납치사건 인정 이후 일본 우익들에게 거듭 치마저고리를 찢기는 수난을 받고 있는 학교이기도 하다. 조선학교가 재일본조선인총연합회(이하 총련) 계열이라는 사실만으로, 일반적으로 그곳은 북쪽과 연계된 학교, 따라서 한국과는 무관한 학교로 치부된다. 하지만 이는 사실과 다르다. 조선학교 학생들의 60퍼센트 정도가 한국국적을 갖고 있다.

최근 납치정국 이후 한국국적을 취득한 가정이 급격히 늘어나고 있다. 도쿄 조선제1초중급학교 중학교 3학년의 경우 23명 중 12명 이상이 한국국적을 가진 것으로 알려진다. 스스로 밝히지 않은 학생까지 포함하면 60퍼센트를 넘는다는 것이 이곳 학생들의 설명이

도쿄 조선제1초중급학교 초급부 학생들의 우리말 수업 장면. 조선학교 학생들의 한국국적 취득이 급격히 늘고 있다.

다. 물론 고급부(고등학교)로 올라가면 그 숫자는 다소 줄어든다. 하지만 일본학교로 빠져나가는 일부 학생들을 감안하더라도 이 같은 추세에 큰 변화는 없어 보인다.

지도자의 초상화 내려지다

일본의 조선학교 수는 대략 140여 개교다. 민단계 한국학교는 도쿄와 교토에 각각 1개교, 오사카에 2개교로 모두 4개교에 불과하다. 오사카의 백두학원이나 금강학원은 일본어 교육 시간이 한국어 교육 시간보다 많은, 이른바 '1조교'이다. 일본 교과과정에 부합하는 교육을 해 일본 정부로부터 아무런 제약을 받지 않는 학교다. 재일동포 60만 명 가운데 조선적을 유지하고 있는 사람이 5만 명이라는 점을 고려하면 조선학교 규모는 방대하다.

조선학교 수가 많은 것은 재일동포 역사와 밀접한 연관이 있다. 북한은 아무리 힘들어도 거의 매년 지원금과 장학금을 조선학교에 보내 왔다. 1950~60년대 한국이 60년대 초 한일회담 등을 통해 재일동포들을 방기한 정책을 써 온 데 반해, 북은 재일동포들을 해외 공민으로 규정하고 그동안 조선학교에만 149차례에 걸쳐 400억 엔이 넘는 교육 지원금과 장학금을 보내 왔다. 조선학교 교실 정면에 북쪽 지도자의 초상화가 붙은 것도 바로 이 같은 "어려웠던 시절의 지원에 대한 고마움의 표시"라는 게 권달인 도쿄 조선중고급학교

초중급학교에서 북쪽 지도자의 초상화는 내려졌다. 대신 교실 뒤쪽 게시판에 관련 그림이 걸려 있다.

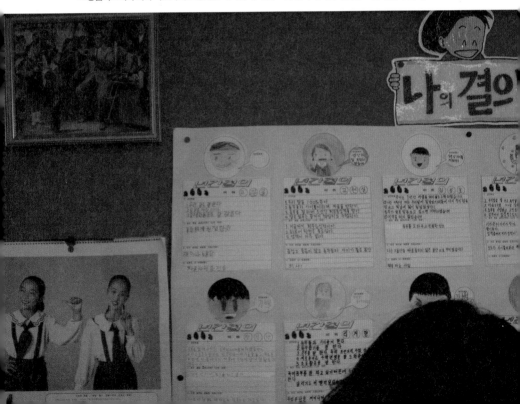

교사의 말이다.

하지만 초급부와 중급부 교실 정면에 붙어 있던 초상화는 2002년 가을 내려졌다. 물론 고급부 교실과 교원실에는 그대로 걸려 있지만 조선학교에 변화의 바람이 불고 있음은 분명하다. 직접적 계기는 2002년 북의 총련 자주화 방침과 관련 있다. 초상화 문제를 비롯해, 총련으로선 본국에 해당하는 북쪽과 동일한 방식으로 처신할 필요가 없다는 것이다. 하지만 길게 보면 그간 조선적 중심의 재일동포 사회가 오랜 기간 변화를 모색해 온 결과다.

조선학교 학부모들은 학교가 북이 아닌 재일동포의 자산임을 강조한다. 조선학교가 초기 북의 지원을 받은 것은 사실이나 그동안 조선학교를 가꾸고 일으켜 세운 것은 재일동포 자신들임을 잊어선 안 된다는 것이다. 그들은 최근 조선학교 학생 수의 급감을 우려하고 있다. 많게는 1960년대 3만 5천여 명에 이르렀으나 최근 1만 2천 명 정도로 줄었다. 3분의 1가량이 줄어든 셈이다. 도쿄 소재 조선학교에서 30여 년간 학생들을 가르친 유태성 씨는 "도쿄 조선중고급학교의 경우 3,000명에서 1,100명 정도로 줄어들었고, 제1초중급학교는 1,500명에서 400여 명 정도로 줄어들었다"고 말했다.

몇 해 전 5월 고베시가 있는 효고현에서는 1948년 4·24 한신(阪神)교육투쟁 55주년을 기념하는 포럼이 열렸다. 이 자리에 등단한 한 학부모는 "재일동포 1세들이 목숨을 바쳐 지킨 조선학교가 사라지는 게 너무 가슴이 아프다"고 말했다. 4·24 한신교육투쟁이란 미군 점령 아래의 일본 문부성이 조선인학교 폐쇄령을 내린 데 맞

4·24 한신교육투쟁을 설명한 게시판. 조선학교는 줄곧 북쪽 일변도 교육을 해 왔다는 점 때문에 많은 수난을 당했다.

서 일본 전역에서 이를 반대해 벌인 투쟁을 일컫는다. 당시 16살이던 학생 김태일이 일본 경찰이 쏜 총에 맞아 죽는 등 미군 점령기 유일하게 비상사태까지 선언하게 만들었던 투쟁이다. 그렇게 어렵게 지켜낸 한신 초급학교와 고베 초급학교가 2002년 통폐합되어 끝내 한신 초급학교는 사라졌다. 도쿄 조선제8초급학교는 1학년과 2학년 학생이 없어지면서 문을 닫게 되었다. 시모노세키의 조선학교는 재일동포가 4천 명이나 되지만 입학생이 한 명도 없어 결국 없어졌다. 그 이유는 조선학교가 줄곧 북한 일변도 교육을 해 왔다는 것이다. 조선학교 고급부와 중급부에 두 아들을 보내는 홍삼복 씨는 "조선학교의 교과 내용이 반세기 동안 많이 바뀌긴 했지만, 여전히 북쪽 일변도의 교육을 하고 있는 것은 사실"이라고 말한다.

학생들이 일본 사회에 적응할 수 있나

조선학교 교과서는 그동안 약간씩 변화해 왔다. 최근에는 1930년
대 항일 무장투쟁만이 아닌 안창호를 비롯한 1920년대 임시정부의
독립운동도 교과과정에 포함시키는 등 남쪽의 역사 교과서를 참고
한 흔적도 엿볼 수 있다. 하지만 초급부 6학년 사회 교과서에 소개
된 세계 여러 나라의 국기 가운데 프랑스, 독일, 이탈리아, 중국 등
의 국기는 눈에 띄어도 남쪽 태극기는 보이지 않는다. 고급부 현대
문학 교과서의 경우도 마찬가지다. 평화적 건설 시기와 조국 해방
전쟁 시기, 그리고 사회주의 혁명기, 건설기, 전면적 건설기의 문학
들은 상세하게 소개됐지만 최인훈이나 조세희, 황석영 등의 소설은
소개되지 않는다. '현대조선혁명력사'를 비롯해 이념 편향적인 교
과 내용은 곳곳에 남아 있다.

따라서 어린 시절 조선학교에서 자란 재일동포 2·3세들은 급변
하는 정세 속에서 자식들을 조선학교에 입학시키기가 간단치 않다.
많은 결단과 고민이 필요한 대목이다. 그런데 한국학교는 거리상
멀리 있을 뿐 아니라 학생 구성도 거리감이 있다고 그들은 생각한
다. 한국학교는 한국어를 가르치기보다는 한국어를 사용하는 곳이
라는 인식과 주재원을 위한 학교라는 인식이 뿌리 깊다. 1980년대
이후 일본에 정착한 사람들은 재일동포가 아니라는 인식 때문이기
도 하다. 결국 그들에겐 자식들을 조선학교에서 초급부 졸업 뒤 일
본학교로 보낼 것인지, 아니면 중급부까지 마치고 일본학교에 보낼
것인지의 선택만이 남아 있다.

조선학교 학생 수가 급감한 또 다른 이유는 자녀들이 조선학교를 나와 일본 사회에 제대로 적응할 수 있을까에 대한 위기감이다. 도쿄 조선제1초중급학교 초급부에 두 딸을 보내는 김우봉 씨는 조선대학교 이공계를 나왔지만, 일본 사회는 고등학교 학력조차도 인정해 주지 않았다고 개탄했다. 일본 사회에서 살아가기 위해 그는 다시 이공계 전문학교에 들어갈 수밖에 없었는데, 전문학교에서조차 처음엔 조선학교의 고등학교 학력을 인정해 주지 않으려고 해 애를 먹었다는 것이다.

하지만 최근 문제가 된 대입수험 자격 불인정을 비롯해, 일본 사회가 조선학교와 재일동포 사회에 가하는 차별만이 위기감을 느끼게 하는 원인의 전부는 아니다. 1980년대에 들어서면서부터 일본 경제가 어려워지자, 재일동포 사회 내부에서 해결되던 이러저러한 일자리들마저

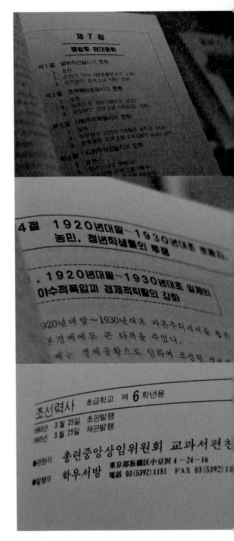

도쿄 조선학교에서 열린 공개수업에서 선보인 '조선현대문학' 교과서(위)와 '조선력사' 교과서(가운데). 해방 후 현대문학은 사회주의 문학 중심으로, 식민지 시기 역사는 일제에 대한 민중 투쟁 중심으로 서술되어 있다. '총련 중앙 상임위원회 교과서 편찬위원회'가 교과서를 펴내고 있다.

줄어들기 시작했기 때문에 취업과 생존의 문제는 결코 강 건너 불일 수가 없다.

조선학교 교과 내용도 이 같은 위기감을 증폭시키는 데 한몫을 한다. 도쿄 조선중고급학교에서 한때 영어교사를 한 뒤, 지금은 도쿄 조선제1초중급학교 초급부에 아이들을 보내고 있는 정현숙 씨는 "일본에서 몇몇 자격 시험을 치르면서 일본 역사와 지리 혹은 문화에 대한 이해도가 현저하게 부족하다는 것을 알았다"고 한다.

사실 1970년대까지만 해도 조선학교의 교과 내용은 귀국을 전제로 한 교육이었다. 1960~70년대 귀국(북송)사업을 위해서라도 우리말 교육은 필요했기 때문이다. 그러던 것이 1970년대 말, 80년대 초 이후 교육 방향이 '귀국'에서 '정주'와 '공생'으로 바뀌기 시작했지만, 여전히 '정주'와 '공생'을 위한 교육은 전체 교과과정에서 부족하다는 게 중론이다. 조선학교를 나와 일본 사회에서 살아갈 수 있을까 하는 위기감이 점점 커지는 것도 바로 그 때문이다.

'뉴 커머'들도 갈 수 있는…

이 같은 위기감은 결국 운영상의 어려움으로 나타났다. 관서지방의 한 조선학교 교사들은 1년 월급의 8개월분 정도만을 받고 교원직에 종사하는 경우도 있다. 현재 조선학교 교사들의 월급은 일본학교 교사 월급의 2분의 1에서 3분의 1에 불과하다. 어떤 경우엔 자원봉사자 수준에 머무르기도 한다. 그렇다고 교사들이 학생들을 성심성

의껏 가르치지 않는다는 얘기는 아니다. 조선학교의 밤은 늘 환히 밝혀져 있다. 교사 수가 절대적으로 부족한 탓에, 남아 있는 일거리를 밤늦게까지 서로 나누어 하지 않으면 안 되기 때문이다.

문제를 해결하기 위해 제일 동분서주하는 이들은 역시 학교의 경제적 운영을 책임지는 각 학교 단위의 교육회다. 재일동포 2세들이 자녀들을 다시 학교로 보낼 수 있는 환경으로 조선학교를 바꾸지 않으면 학교 존립 자체가 위태롭기 때문이다. 교육회에 참가하고 있는 조선학교의 학부모들 역시 열심이다. 이들은 더 많은 재일동포들에게 학교를 개방하기 위해 다양한 방안을 모색 중이다.

1학년 수업 시간. 치마저고리를 입은 선생님이 수업에 임하고 있다.

도쿄 조선제1초중급학교 교육회에 참가하고 있는 김대웅 씨는 "도쿄 내에 가장 재일교포들이 많이 살고 있는 미카와시마 인근 아라카와구에는 조선적과 한국국적을 포함해 대략 6천~7천 명이 살고 있다"면서, "80년대 이후 한국에서 일본으로 건너온 이른바 뉴커머들도 아이들을 믿고 보낼 수 있는 코리안 스쿨과 같은 형태로 조선학교가 거듭났으면 한다"고 말했다. 현재 도쿄 아라

카와구에 살고 있는 뉴커머 수는 전체 재일동포 수의 반 정도다. 하지만 이들은 인근에 조선학교가 있어도 그곳에 아이들을 보낼 생각은 하지 않고 있다. 동네에선 서로 인사도 하고 어울려 지내지만, 그들에게 조선학교란 여전히 먼 곳 이상의 의미를 뜻하기 때문이다. 이 같은 문제를 해결하기 위해 도쿄 조선제1초중급학교 교육회는 뉴커머들까지 조선학교가 품어 안을 수 있는 조선학교 개혁안을 2~3년 동안 만들어 상급기관에 제출한 상태다. 하지만 최근 일본 내 재일동포들을 둘러싼 사회 정세가 워낙 안 좋은 터라 결과는 낙관적이라 할 수 없다.

도쿄 아라카와 구청이 주최한 문화 행사 퍼레이드에 참가한 '도쿄 조선제1초중급학교 무용부' 학생들을 향해, 인근 상가 주민들이 박수를 치고 있다.

이 같은 문제의식에 재일동포 2세 유력 상공인들도 동참하고 있다. 지난 1998년 도쿄 조선중고급학교 건립 50주년을 맞아 새로운 교사 건립을 지원하면서, 그들은 총련 쪽에 자신들의 건의사항을 적은 '요망서'를 보낸 적이 있다. '민족교육 포럼'과 '민족교육의 오늘과 래일', '도쿄 조선중고급학교 신교사 건설위원회' 명의의 '민주주의 민족교육 사업을 개선 강화할 데 대하여'라는 부제가 붙은 이 '요망서'에는 어떻게 재일동포 전체를 아우르는 민족교육을 실시할 수 있을까에 대한 염원과 소망이 담겨 있다. 남과 북을 하나의 조국으로 여기는 교육만이 조선학교가 지향해야 할 길인 동시에

도쿄 제1초중급학교 50주년 기념 벽화에 새겨진 '조선을 위하여'의 '조선'이란, 그 옆에 나란히 새겨진 '국기'와 동일한 의미를 갖는 개념어이다.

살아남을 수 있는 유일한 길이라 판단한 것이다. 자식들을 통일에 기여할 수 있는 아이들로 키우기 위해서라도 조선학교는 살아남아야만 하고, 그러기 위해서는 변해야 한다는 것이 그들 생각이다.

총련·한국 정부 발걸음 느려

최근 이 같은 논의를 받아, 조선학교 일선 교육회 인사 등을 중심으로 조선학교를 바꾸기 위한 다양한 논의들이 진행 중이다. '신세기 민족교육 네트워크'를 비롯해, 다양한 방안들이 여러 채널에서 모색되고 있다. 하지만 정작 조선학교의 운명을 쥐고 있는 총련의 발걸음은 빨라 보이지 않는다. 재일동포들의 자주적 판단을 늘 강조하고 있지만, 여전히 본국이 우선하기 때문인 듯하다.

한국 정부의 즉각적인 지원도 그다지 용이해 보이지 않는다. 현재 조선학교에서는 국어선생님으로 재일교포 2, 3세가 아닌 현지 모어화자 선생님을 필요로 하고 있고, 각종 정보화 시설 등을 간절히 필요로 하고 있지만, 한국 정부의 즉각적인 지원은 또 다른 오해를 불러일으킬 소지가 높다. 지금까지 아무것도 해준 것 없다가 조선학교를 돈으로 빼앗아 가려느냐는 오해가 그것이다. 북에서 여러 차례에 걸쳐 지원금을 보내준 데 대한 고마움의 표시로 초상화를 내걸었다는 설명대로라면, 남쪽의 지원도 기꺼이 기쁘게 받을 수 있어야 하건만 사정은 반드시 그렇지만은 않은 것 같다.

결국 해법은 둘로 요약될 수 있을 것이다. 하나는 '본국(북쪽)'의 정책 결정에 따라 조선학교의 중요 정책들이 결정되는 만큼, 남과 북의 교육 당국이 함께 모여 '해외 교육 정책'의 골간을 만들어 내고, 그 같은 변화된 북의 교육 정책을 토대로 남과 북을 아우르는 '조선학교'를 만들어 가는 것이다. '조선학교'는 '북'과 운명을 같이 할 것이라고 보는 이들도 있다. 그만큼 본국의 태도가 '조선학교'의 향방에 결정적이라는 것이다. 그런 만큼 남과 북의 교육 당국을 움직이지 않은 채 현재의 조선학교 문제를 푼다는 것은 거의 불가능에 가깝다고도 할 수 있다.

하지만 언제까지나 본국의 눈치만 살필 만큼 시간적으로 여유가 있는 것도 아니다. 남과 북의 교육 당국이 이 문제를 해결하도록 압력을 가하는 것도 중요하겠지만, 보다 중요한 것은 이에 대해 문제의식을 갖고 있는 재일코리안들이 함께 이 문제를 풀어내기 위해 지혜를 모으고 행동하는 것이라 할 수 있다. 그 같은 움직임은 현재 오사카를 중심으로 새로운 학교 만들기로 구체화되기도 한다. '남과 북'을 아우를 뿐 아니라, 동아시아와 세계를 함께 담아 낼 학교 만들기가 지금 한창이다. 문제는 이 같은 논의가 조선학교의 해결책이라기보다는 제3의 학교를 하나 더 만드는 것일 뿐이라는 비판에 봉착할 수 있다는 점이다. 그렇긴 하지만 조선학교 내부에서 변화를 꾀하던 이들이 하나둘씩 조선학교로부터 쫓겨나는 상황에서 찾아낸 차선책이라고 할 수 있다. 이른바 '새로운 학교'의 모범을 세워 '조선학교'의 변화를 모색해 보겠다는 것이다.

교육이란 '체제를 재생산'하기 위한 것임이 분명하지만, 교육은 또한 그 같은 '체제'를 넘어서기 위한 가능성의 공간이기도 하다. '총련'과 '민단'이 아닌 새로운 교육 주체에 의해, '남과 북'을 넘어 공생과 평화를 사랑하는 일본 사람과 동아시아인 모두와의 공생을 가르칠 학교를 만들어 가는 꿈. 그것은 정말 꿈에 불과한 것일까.

한국국적이 과반수를 넘는 조선학교의 아이들. 남과 북을 넘어선 교육을 간절히 원하는 조선학교의 학부모들. 이들의 소망을 남과 북의 교육 당국은 언제까지 지켜보고만 있을 것인지. 중급부까지 조선학교를 다녔던 한국국적의 K씨는 일본 고등학교로 진학하여 한국학교 중등부 출신의 여학생과 처음 맞닥뜨렸을 때 '무섭다'는 느낌이 들었다고 한다. 처음 만났을 때 무섭다고 느낀 것은 한국학교를 졸업한 여학생도 마찬가지였다고 한다. 같은 한국국적을 가진 학생들. 그들이 같은 일본 고등학교에서 처음 만나 서로를 무서워 해야만 하는 비극. 이 같은 비극은 대체 언제까지 계속되어야만 하는 것일까.

오카야마현에 있는 구라시키시로 떠나려는데, 뉴스에선 비바람이 거세게 몰아칠 거라는 예보를 내보내고 있었다. 신칸센을 타고 오카야마역까지 가서 지선으로 갈아탄 뒤, 구라시키역에 도착한 것은 오후 2시가 갓 지날 무렵이었다. 역 앞의 간판들이 몰아치는 비바람을 피하지 못하고 몇 차례나 공중제비를 해 댔다. 먼저 '오카야마 조선초중급학교'를 둘러봤다. 작은 개천을 둘러싸고 형성된 조선인 마을 한가운데에 학교는 위치해 있었다. '우리 학교를 위하여 한마음'이라고 쓰인 학교 들머리 건너편으로 '미쓰비시 자동차' 사택 팻말이 보였다.

구라시키와 식민지 조선의 인연

구라시키(倉敷)란 지명이 말해 주듯 그곳은 거대한 공장의 보급 창고 같은 느낌으로 다가왔다. 이제는 유명한 관광지가 되었지만, 옛날 창고를 개조해 만든 상가 주변에는 아직도 '방직공장' 터가 남아 있었고, 그곳을 흐르는 작은 개천은 바다로 물건을 실어 나르는 운하 구실을 해 온 것 같았다. 나를 안내해 주는 이는 그곳 방직공장에서 많은 조선의 처녀들이 힘들게 일해 왔다고 일러주었다.

하지만 구라시키와 식민지 조선의 인연은 '미쓰비시 중공업'을 통해 더 끈끈하게 맺어져 있는 것 같았다. 당시 미쓰비시 중공업은 군수물자를 생산했던 곳으로 군용기, 군함, 전차 같은 것을 만들어

식민지 시기 '세토나이카이(일본의 한가운데를 가로질러 흐르는 바다)' 인근의 구라시키시에는 대형 군수공장의 시태들이 지어졌는데, 당시의 시태은 아직 그대로 사용하는 재일코리안들도 있다.

냈다고 한다. 일본 오사카 서부 지역인 주고쿠와 시코쿠 사이의 바다 세토나이카이를 따라 초대형 중공업단지를 만든 일본은 그 일부를 매립해 도시를 만들었고 그곳에 대형 군수공장의 하청공장과 사택들을 지었는데, 식민지

구라시키 미즈시마에 사는 사람들을 미쓰비시 계열이 있는 임해공업단지로 실어 나르던 철도 역사.

시기 조선인들은 먹고살 일자리를 찾아 혹은 강제징용으로 이곳에 모여들게 되었고, 구라시키 곳곳엔 자연스레 '조선인 부락'이 형성되기 시작한 것이다.

구라시키의 '오카야마 조선학원' 이사장인 리강열 씨 역시 '조선인 부락' 출신이다. 일본에서 '부락'은 일종의 차별의 의미를 담고 있는데, 거기에 '조선인'이란 단어까지 붙으면 그 의미는 배가된다. 아무튼 지금은 그가 구라시키시 전체에서 여섯 번째 고액 소득자에다 소득세만도 3,600만 엔이나 내고 있지만, 고등학교를 갓 졸업했을 때 그는 낮엔 '조은신용조합'에 다니고 밤엔 조선인 부락에서 어머니와 함께 돼지를 키웠다. 밤낮 없이 짬밥(잔반)을 걷어다 돼지 키우는 일이 하도 지겨워 '파친코' 업을 시작했는데 어쩌다 보니 일본 서부 지역에서 큰 파친코 업자가 되었다며 그는 멋쩍게 웃었다.

리강열 이사장이 조선학교를 후원하기 시작한 이유는 그리 거창한 것이 아니다. 단지 자신의 아이들이 조선학교에 가고 싶어 했기 때문이다. 본인이 일본학교에 다니면서 이것저것 마음고생을 많이 한 터라 흔쾌히 승낙했는데, 조선학교 재정이 무척 어렵다는 말을 듣고는 앞뒤 가리지 않고 재정을 지원할 방도를 찾았다고 한다. 그가 제일 먼저 한 일은 여러 선배들과 함께 '애교회'를 만드는 것이었다. 1계좌에 2천 엔씩 250계좌를 만들어, 한 달에 50만 엔씩을 보냈다. 거기에 자판기 운영 수익금 등 개인 돈까지 보태, 20여 년 동안 그는 학교 재정을 거의 책임지다시피 했다. 한때 60~70명 하던 아이들은 150여 명으로 늘어나기도 했다. 구라시키 조선학교의 '애교회' 이야기는 총련 기관지인 「조선신보」에도 소개되어 재일 사회의 화제가 되었다.

하지만 그는 2005년 5월 오카야마 조선학원 이사장직에서 해임됐고, 2005년 8월 19일엔 이사직에서도 해임됐다. 조선학교를 위해 20여 년간 정신적·물적 지원을 아끼지 않던 그를, 총련은 남쪽을 이롭게 했다며 '이적행위를 한 자'라는 죄목을 들씌워 내쫓은 것이다.

"대체 '범민족교육'을 하자는 사람을 내쫓는 경우가

"부디 아이들을 최우선에 두고 생각하던 옛날의 초심으로 돌아가 달라"는 리강렬 씨.

세상에 어디 있습니까?"

그를 만나 처음 들은 단어는 '범민족교육' 혹은 '통일교육'이었다. 언뜻 한국에서 험했던 시절, '범민족교육'을 외치다 감옥에 갔던 어느 전교조 선생님의 이름이 머리를 스치고 지나갔다. "지금 북과 남이 협력해서 '개성공단'을 만드는 시절 아닙니까? 언제까지 일본에 사는 아이들을 반쪽짜리 아이로 만들어야 합니까?"라며 그는 목소리를 높였다.

범민족교육을 말한다는 이유로

무엇보다 그가 우려하는 것은 민족교육의 파탄이었다. 2004년 오카야마 조선학교 초급부 신입생 수는 남학생 1명에 여학생 5명을 합해 모두 6명에 지나지 않았다. 3년 전부터 입학생 수가 한 자릿수로 줄어들기 시작했다. 오카야마현에 있는 민족학교는 학생 수가 가장 많던 1950년대엔 초급부 학생만 1,500여 명에 이른 적도 있다. 물론 출산율 저하[일본식 표현으로는 소자화(小子化)]로 매년 절대적 학생 수가 줄어든 것은 사실이다. 하지만 오카야마현만 해도 5~19살의 한국국적과 조선적 취학 연령 아이들의 수는 현재 대략 1천여 명. 조선학교가 없는 인근 돗토리, 시마네, 고치, 가가와현까지 통틀어 초급부 1학년 신입생 수가 6명뿐이라는 사실은 출산율 저하라는 핑계만으로 대충 얼버무릴 수 있는 것이 아니라는 게 그의 설명이다.

"조선학교 졸업생들만이라도 자신의 자녀를 조선학교에 입학시켰다면 상황은 달라졌을 것"이라며 "민단계, 뉴커머, 그리고 일본으로 귀화한 이들의 자녀를 받아들일 수 있을 만한 학교로 변화되지 않는 한 민족학교의 미래는 없다"고 했다. 남북을 아우르는 범민족 교육은 조선학교의 생존을 위해서라도 선택할 수밖에 없는 유일무이한 방책인 셈이다.

위기감을 느낀 것은 리강열 이사장만이 아니다. 2004년 4월 입학식이 열린 직후, 인근 학부모들과 학교 관계자, 지역의 총련 활동가(일꾼)들은 조선학교 개혁에 관한 열띤 토론을 벌였다. 하지만 총련의 입장은 단호했다. 총련 중앙은 학교 개혁을 주장하는 사람은 어느 누구라도 쫓아내겠다고 했다. 논의할 생각이 없을 뿐 아니라, 논

식민지 시기 구라시키에 모인 조선인들이 설립한 오카야마 조선학교의 닫힌 교문.

의하려는 사람도 모두 쫓아내겠다는 것이었다. 실제로 총련 중앙교육국에 몇 차례 대화를 요청했지만, "단 한 번도 대화에 응하지 않았"으며 "총련은 현재 학교를 추스를 '비전'도 '힘'도 '마음'도 없는 상태"라고 리 이사장은 못박았다.

이른바 '학교 통폐합'을 모두 총련 '지부'에 떠넘긴 채 '중앙'은 학교가 무너질 날만 기다리고 있는 형국이라는 것이 그의 설명이다. 실제 학교는 1990년 152개교, 학생 수 2만 1,580명이던 것이 2003년엔 121개교에 1만 2천 명가량으로 줄어들었다. 2004년에는 야마구치 조선고급(고등)학교가 폐교됐고, 해마다 800~1천 명 정도의 학생이 줄어들고 있다. "지금 추세대로라면 아마도 2~3년 내로 조선학교에 대한 개혁 논의가 본격화될 거라고 봅니다. 하지만 문제는 그 사이에 조선학교가 살아남아 줄 수 있느냐는 것입니다"라며, 문제의 핵심은 '개혁의 시간'이라고 리 이사장은 힘주어 말했다. 손 놓고 2, 3년 기다릴 수도 있지만, 그때쯤이면 이미 학교는 사라지고 없을 거라며 안타까워했다.

총련 중앙이 리강열 이사장을 해임한 또 다른 이유에는 그가 '21세기 민족교육 네트워크' 공동대표라는 점도 강하게 작용했다. 지난 2003년 4월에 총련 전임과 비전임을 포함해 일본 전역의 조선학교 관계자 30여 명이 민족교육 활성화 방안을 모색하는 포럼을 개최했는데, 그때의 주최 쪽 명칭이 바로 '21세기 민족교육 네트워크'였다. 물론 '21세기 민족교육 네트워크'가 갑자기 생겨난 것은 아니다. 7년 전부터 일본 각지에서 학교 운영을 책임지는 교육회 회장, 학교 관계 유지들이 오카야마 조선초중급학교의 교육회 경험을 배우려고 찾아온 것이 계기가 되어 이른바 '공부 모임'이 꾸려지게 됐는데, 그 뒤 그들은 줄곧 위기에 처한 '민족교육'의 대안 찾기에 골몰해 왔다고 한다.

하지만 총련은 이에 대해 '민족교육을 변질시키려는 행위' 혹은 '한국 국가정보원과 연계해 민족교육을 팔아넘기려는 모의'라는 식의 사실무근인 악선전을 계속해 왔다고 한다. "학교를 통폐합해서 그저 없앨 생각만 하는 총련을 보면 어떤 때는 서글픈 생각마저 든다"면서 "부디 아이들을 최우선에 두고 생각하던 옛날의 초심으로 돌아가 달라"는 말을 되풀이했다.

갈림길에 선 조선학교의 미래를 생각하며

리강열 이사장은 월드컵 북한 대표팀 축구선수인 리한재의 아버지이기도 하다. 오카야마 조선학교를 나온 리한재 선수는 현재 일본 축구 J리그 '산프레체 히로시마' 프로팀에 소속돼 있으면서, 월드컵 예선전과 동아시아컵 등에 북쪽 대표팀의 일원으로 출전한 바 있다. 리강열 이사장은 "또 하나의 꿈이 있다면 한재가 남북한 단일 축구 대표팀에서 뛰는 것을 보는 것"이라며, 그러기 위해서라도 조선학교를 남북을 아우를 수 있는 학교로 하루빨리 만들고 싶다고 말했다.

남북을 아우르는 21세기의 새로운 민족교육. 대체 그것은 어떤

북한 대표로 출전해 일본과 축구 시합을 하고 있는 리강열 회장의 아들 리한재 선수(등번호 8번).

모습일까. "1945년 이후 남과 북의 역사를 모두 아이들에게 가르치고, 남과 북의 네이티브 스피커도 부르고, 초등학교 때부터 영어수업을 하는 학교. 그래서 일본의 시골학교에 다니면서도 세계를 생각하고(글로벌), 지역을 고민할(로컬) 줄 아는 아이를 키워 내는 것"이라고 그는 대답했다. 한국어와 일본어만 잘하는 '바이링궐(Bilingual)'이 아니라 '멀티링궐(multilingual)'인 아이들, 재일코리안이라는 특수한 조건을 긍정적으로 살려 내 세계와 지역에 이바지할 수 있는 아이들을 만들어 내는 것이 그와 함께 '공부 모임'을 해 온 민족학교 관계자들의 꿈이라고 했다. 총련계만이 아닌 모든 코리안의 아이들, 그리고 다양한 언어와 국제적 감각을 배우고 싶어 하는 일본인의 아이들까지 함께 담아 낼 수 있는 학교를 만들고 싶다는 것이다.

현재 리강열 씨는 이사장직에서도 이사직에서도 파면된 채, 일본 사법부에 소송을 낼 준비를 하고 있다. 개성공단을 남북이 함께 만드는 시절에, 해외에서 남과 북을 아우르는 교육을 하겠다는 이유만으로 수십 년간 민족교육에 몸담았던 자가 파면되고, 그 판단을 남도 북도 아닌 일본 사법부에 물어야 하는 이 아이러니. 재일코리안들이 '본국'이라고 떠받드는 남과 북의 교육 당국은 이 같은 현상을 어떻게 이해하고 있을까. 남과 북에서 이루어질 미래의 통일교육을 위해 남과 북의 교육 단체는 이들의 손을 맞잡을 순 없을까. 이들의 몸부림을 향해 도움의 손길을 내밀 순 없을까. 폐교와 부활의 갈림길에, 지금 재일코리안의 민족교육은 서 있다.

"**한**그루 나무도 한 송이 꽃도/ 너희들 웃음꽃 보고 싶어서/ 학교를 사랑해 미래 키우는/ 보람찬 우리 생활 너희들에게."

몇 년 전 도쿄에서 열린 총련 주최 노래대회에서 시골 아줌마 6명이 함께 부른 창작곡 「너희들에게」의 1절 내용이다. 오카야마 조선학교 학부모들로 구성된 이들 구라시키 노래소조 '코스모스'는, 지난 10년간 노래를 불렀지만 이 노래가 가장 기억에 남는다고 했다. 노래에는 조선학교를 나와 자신의 아이들 역시 그 학교에 보내는 학부모들의 절절한 조선학교 사랑이 곳곳에 담겨 있다. 노래소조의 일원인 황영미 씨가 작사하고 조미순 씨가 작곡했다.

노래의 마지막 소절은 이러하다.

"북이나 남이나 이역 땅이나/ 그 어데 살아도 뿌리는 하나/ 아리랑 손잡고 함께 부르는/ 통일된 조국산천 너희들에게."

이역에서 남과 북의 하나된 교육을 이루어 내겠다는 의지가 강하게 전달되는 대목이다. 하지만 이들은 오카야마의 구라시키 총련지부 사무실에서 이 노래를 더는 부르지 않게 되었다. 재일코리안에게 남과 북을 아우르는 통일교육을 해야 한다는 오카야마 조선초중급학교 리강열 이사장의 견해를 지지한 이들은 일련의 과정에서 총련지부가 취한 태도에 실망하고 총련지부가 더 이상 동포를 위한 조직이 아니라고 판단하여 이후 지부 사무실에서 노래 연습을 하지 않기로 결의했다.

이들은 총련지부 사무실을 나와 노래 연습을 위

'탐포포' 간판. '탐포포'에서는 노래 연습과 우리말 강좌 등이 이뤄진다.

일본어로 쓰인 그림책 앞에 조선옷을 입은 아이들 인형이 눈에 띈다.

한 새로운 공간을 찾아 나섰다. 그래서 아이들 공부방 겸 작은 공간으로 만든 것이 지금의 '탐포포(민들레)'다. 작고 누추한 다다미방이지만, 이곳에서 열리는 아이들 방과 후 수업이나 '우리말 강좌', '보자기 만들기 강좌'의 열기는 무척 뜨겁다. 학부모 가운데 한 사람이 '수학'을 가르치고 있고, '우리말 강좌'와 '보자기 만들기 강좌'에는 인근 일본 사람들도 참여하고 있다. 학부모들과 노래소조 구성원들 간의 친목 도모를 넘어, 2 · 3세와의 교류, 나아가 총련 이외의 코리안과 일본 사람들과의 교류를 '탐포포' 구성원들은 꿈꾸고 있었다.

최근 들어 노래소조 코스모스의 활동이 부쩍 늘어났다. 동포와 지역 사회의 요청이 쇄도하고 있기 때문이다. 10년 넘게 동포 결혼

노래 연습을 하는 탐포포 회원들.

식에서 축가를 불러온 것은 물론, 최근에는 일본의 전통적 여름축제인 '봉오도리'에도 참가해 일본과 재일코리안 사회의 가교 역할을 하고 있다. 최소한 1~2주에 한 번 이상은 각종 행사에 초대될 정도로 코스모스의 인기는 높다. 그 비결은 초대된 행사에 맞춰 가사를 사전에 전부 새롭게 가다듬기 때문이란다.

얼마 전엔 소록도에서 온 한센병(나병) 환자들을 위한 집회에 초청되어 노래를 불렀는데, 가사를 새로 가다듬는 과정에서 "그동안 재일코리안들은 '피해자'라는 측면만 생각해 왔는데 한센병 환자와 같은 이들에겐 '가해자'일 수도 있다는 생각을 처음으로 하게 되었다"고 한다. 자신의 아이들이 자기 자신뿐 아니라 주위 사람들을 함께 보듬어 안아야 함을 깨달았다는 것이다. '노래하는 메신저'라는 닉네임도 그런 과정에서 얻어진 것 같았다. 돌이켜보면 총련지부에서 나온 뒤 오히려 일이 더 늘어난 것 같다며 씁쓸해하기도 했다.

다시 이야기는 '조선학교'로 돌아왔다.

"정말 1세들이 어떻게 지켜 온 조선학교인지 아세요?"

아이들이 줄어드는 걸 볼 때마다 "아, 이젠 이 학교가 없어지겠구나" 하는 생각에 잠을 이룰 수 없다고 했다.

"세대는 변하고 있어요. 정말로 고민하면서 뭔가 새롭게 바뀌 가야만 합니다."

노래소조 코스모스는 조선학교가 처한 절박한 위기를 노래로, 온몸으로 호소하고 있었다.

"한국에 「아침이슬」이라는 노래가 있지요?"

조선학교를 생각할 때마다, 너무 마음이 아파 종종 함께 「아침이슬」을 부른다는 조선학교 어머니들. 손 맞잡고 「아침이슬」을 부르는 그들에게서 민주화운동이 막 무르익어 가던 1970년대의 한국이 느껴졌다.

04 고향을 찾는 데 40년 걸린 '한통련' 곽동의 의장의 긴 여정

〈한국과 일본〉의 경계 + 〈남과 북〉의 경계 = 〈한국과 재일코리안〉의 경계

이 글은 곽동의 의장을 비롯한 재일한국민주통일연합(이하 '한통련') 멤버들이 고향 땅을 밟을 수 있게 한 작은 디딤돌이 되었다는 생각에 많은 애착이 간다. 2003년 초 이 글이 발표된 뒤 많은 곳에서 이메일을 받았고, 한국의 어느 텔레비전 시사다큐 프로그램에서는 '한통련' 관련 특집을 마련하기도 했다. 이듬해 10월 곽동의 의장은 마침내 한국 땅을 밟을 수 있었고, 김대중 전 대통령과의 만남도 이루어졌다. '한통련'이 일본에서 해온 민주화운동의 과정과 성과는 한국 내 매스컴에 의해 소상하게 알려졌다.

많은 매스컴이 주목한 것은 그동안 좌경시해 왔던 해외운동단체의 입국 허가란 측면이었다. 하지만 이 일이 한국 사회와 재일코리안 사회 사이의 경계를 넘는 한 이정표였다는 점은 아무도 주목하지 않았다. 곽 의장의 인터뷰 내용 가운데 가장 인상적이었던 것은

곽동의 전 의장(현 상임고문).

"국내단체였다면 벌써 명예회복이 되었을 것"이라든가, "북쪽 사람들은 더 이상 뿔 달린 도깨비로 보지 않지만, 민주화운동을 해 온 재일코리안들은 여전히 이상한 눈으로 바라보고 있다."는 대목이었다.

한국의 민주화를 위해 노력해 온 '재일코리안 민주화운동 단체'와 '한국 사회' 사이에는, '남북 간의 거리'에다 '한국과 일본 간의 거리'를 더한 만큼의 거리감이 존재해 온 것이 사실이다. 남북 교류가 시작된 지 십수 년이 지나서야 비로소 고향 방문이 이루어졌다는 점을 상기해 볼 필요가 있다. '한통련'의 고향 방문이란 '한국 사회'와 '재일코리안 사회'가 비로소 진지하게 소통하기 시작했음을 알리는 한 징표로 읽을 수 있다.

• • •

2002년 부산에서 열린 아시안게임. 미모의 북한 응원단도, 총련 응원단도 모두 한국을 찾았지만, 유독 한통련 회원들만은 끝내 조국 땅을 밟지 못했다. 재일 한국총영사관에 여행증명서 발급 신청서를 제출했지만, "본국(한국)에서 응답이 없다"는 말만 들었을 뿐이다.

"신나게 응원도 하고 싶었고, 고향땅도 보고 싶었고, 보듬어 안고 뜨거운 동포애를 나눠 보고 싶었다"는 곽동의 한통련 의장. "해외에 사는 자기 국민을 오지 못하게 막는 게 해야 할 일이냐"는 말로 그는 이야기를 시작했다.

'우리의 피눈물'을 바친 민주화

한통련 사무실은 도쿄에서도 고서점이 많기로 유명한 간다(神田)에 위치해 있었다. 겨울비가 내렸지만 실내는 따뜻했다. 올해(2003년) 일흔넷. 열아홉 살에 일본에 온 곽 의장은 그러니까 올해로 일본 생활이 55년째가 되는 셈이다. 고향땅은 1961년 이래 지금까지 42년간 밟아보지 못했다.

현해탄만 넘으면 고향이지만 그가 고향땅을 밟지 못하는 이유는 한통련에 쓰여 있는 이른바 반국가단체라는 천형 때문이다. 1978년 재일동포 유학생 김정사를 한국민주회복통일촉진국민회의(한민통, 한통련의 전신)의 지령을 받은 간첩으로 조작하면서 반국가단체가 된 한민통 관련 인사는 결코 고향땅을 밟을 수 없게 됐다.

"적장을 잡으려면 적장이 탄 말을 쏘라는 말이 있습니다. 박정희 독재정권이 당시 한민통 초대의장이던 김대중 선생을 육체적으로 말살하려다 안 되니까, 정치적으로 말살하기 위해 한민통을 반국가단체로 만들었다고 봅니다."

1973년 한민통 결성식을 1주일 앞둔 상황에서 초대의장으로 내정된 김대중을 납치해 죽이려다 실패한 뒤, 유신 말기인 1978년 김대중을 언제든지 정치적으로 제거하기 위해 한민통을 반국가단체로 만들었다는 얘기다.

"한통련이 그동안 한 일들을 한번 돌이켜 보십시오. 유신헌법 선포와 함께 반유신 독재투쟁한 것, 김대중 납치사건을 널리 해외에 알리고 구명운동한 것, 광주항쟁 진실을 세계에 널리 알린 것. 그것 밖에 더 있습니까. 그동안 민주화운동 한 사람들은 명예회복이다 뭐다 하며 야단을 떨면서 정작 해외에서 수십 년간 조국의 민주화를 위해 뛰어다닌 사람들은 고국땅도 밟지 말아라. 도대체 이게 말이나 됩니까."

반국가단체 얘기가 나오자 다소 언성이 높아졌는가 하는 순간 눈에 살짝 눈물이 잡혔다. 사실 그랬다. 1973년 8월 한민통이 결성되면서 해외에서 먼저 유신 반대의 깃발을 올리자, 그해 10월 2일 서울대에선 첫 유신 반대 시위가 일어났다. 1978년 『전태일평전』일본어판인 『불꽃이여 너를 감싸라』 출간과, 이를 영화화한 「어머니」의 상영 또한 한통련 중심으로 이루어졌다. 한국의 민주화운동과 노동운동 어느 하나 해외 민주화운동 단체의 음덕을 입지 않은 게 없을 정도다.

광주민주화운동만 해도 그렇다. 국내에선 숨도 못 쉬던 시절, 유럽의 민주인사들과 함께 광주항쟁 비디오를 만들고, 광주민중항쟁 1주년을 맞아서는 '한국민주화지원 긴급세계대회'를 개최하기도 했다. 오늘날 한국이 민주화되었다면 이는 분명 묵묵히 노력해 온 해외 민주인사들의 피와 눈물의 결과임에 분명하다. 그들의 운동을 자양분으로 지금의 한국 사회가 서 있다고 해도 크게 틀린 말은 아닐 것이다. 그런데 반국가단체라니.

"만약 우리가 국내단체였다면 벌써 명예회복이 되었을 겁니다. 하지만 해외에 있다 보니 철저히 무시되고 있는 거죠. 하지만 언젠가는 시간이 해결해 주겠지 했습니다. 그런데 한민통을 직접 만든 분이 대통령이 된 지도 벌써 5년이 지나 곧 임기가 끝난다는군요."

할 말이 없다는 표정이었다.

"물론 강한 보수세력이 끊임없이 발목을 잡으려 드는 상황에서 어쩔 수 없었으리라는 생각도 했습니다. 하지만 이젠 누구 눈치 볼 필요도 없는 때 아닌가요."

다음 정권에 부담 주지 말고, 임기 중에 명예회복과 자유왕래의 매듭을 풀어 주길 간절히 소망한다고 했다. 그것은 "대통령 김대중으로서가 아니라 인간 김대중으로서" 당연히 해야만 되는 것이라고도 했다.

하나둘씩 세상을 떠날 때마다

곽동의 의장은 한통련의 전신인 한민통, 한민련 시절을 합쳐 3대째 의장이다. 결성식 일주일 전에 납치된 김대중 의장의 의장직을 대행한 김재화, 2대 의장 배동호에 이어 세 번째 의장직을 맡고 있다. 한국의 8대 국회의원을 지냈으며 8차례나 민단 단장을 지낸 김재화는 그의 매형이다.

"3선개헌 반대투쟁 때였던 것 같습니다. 매형인 김재화 전 의장이 한국에서 구속되었는데, 저보고 3선개헌 반대투쟁을 그만두면 매형을 풀어 주겠다는 것이었어요."

하지만 그는 투쟁을 그만둘 수 없었다. 한일회담 반대투쟁 때도 상황은 비슷했다.

"1964년 2월 4일 누님이 돌아가셨다고 연락이 왔지요. 그래서 한국에 돌아가려고 여권을 신청했습니다. 4일 만에 연락이 왔는데, 당시 한창이던 한일회담 반대투쟁을 그만두면 입국을 허가하겠다더군요."

고국 땅을 밟기 위해 동료들과의 신의를 저버릴 수는 없었다. 하지만 이런저런 압력으로 고국 땅을 밟지 못한 사람이 어디 재일 한통련 사람들뿐이겠는가. 곽 의장은 이른바 '동백림 사건'에 연루되어 사형선고를 받아 끝내 고향땅을 밟아 보지 못하고 돌아가신 윤이상 씨를 이렇게 기억하고 있었다.

"77년 말 당시 한민련 유럽본부 의장을 맡고 계셨던 윤이상 선생과 한민련 공동의장 겸 한민통 고문이던 배동호 선생, 그리고 김재화 한민통 의장대행 등이 도쿄 프레스센터에서 함께 만나 독일의 사회민주당 당수였던 브란트 씨에게 김대중 구출운동 등의 협력을 요구했던 기억이 새롭군요."

1981년 5월 '한국민주화지원 긴급세계대회' 행사의 일환으로 열린 윤이상 씨의 음악제 '광주여 영원하라'도 잊을 수 없다고 덧붙였

도쿄 프레스센터에서 윤이상 씨와 브란트 독일 수상, 한통련 의장이 함께 만났다.

다. 그는 "김재화 전 의장도 배동호 전 의장도 윤이상 선생처럼 끝
내 고향땅을 밟지 못하고 돌아가셨습니다. 그리운 고향 마을 한번
들러 보지 못하고 이렇게 저렇게 하나둘 사라져 가는 게 정말이지
너무 억울합니다"라며 말끝을 흐린다.

김재화 전 의장과 마찬가지로 곽 의장 역시 민단에서 오랫동안
활동했다. 한국전쟁 당시엔 민단 도쿄 중앙본부를 통해 재일동포
학도의용군에 참가하기까지 했다. 이야기는 다시 반국가단체 문제
로 돌아갔다.

"우리보고 조선 총련에서 지원받았다고 했는데, 지원해 줄 이유
도 없고 준다고 하더라도 받을 이유가 없습니다. 그걸 받는 순간 우
리 운동은 순식간에 무너져 버리기 때문이지요. 그건 우리 사회에
선 철칙입니다."

1980년 12월 4일, 김대중을 죽이지 말라며 무기한 단식 농성을 하고 있는 한통련과 일본 사람들.

그는 또 이렇게도 얘기했다.

"옛날 한국의 초등학생들은 북쪽 사람들을 뿔 달린 도깨비로 알았다는 얘기를 들은 적이 있습니다. 30여 년에 걸친 독재정권의 모략선전 탓이었겠지요. 한데 이젠 북쪽 사람들을 뿔 달린 빨간 도깨비가 아니라 같은 동포로 보는 것 같습니다. 하지만 아직 우리는 아니죠."

북쪽과는 왕래해도 우리를 만나는 건 여전히 금기시하는 게 현재의 한국 상황 아니냐는 말이었다.

과거에만 매달리지 않는다

한통련은 물론 과거의 역사에만 매달리고 있진 않았다.

"내일모레 또 한 차례의 효선·미순 양을 위한 촛불시위를 계획하고 있습니다. 북한동포를 돕는 일도 계속할 겁니다. 일제시대를 경험하면서, 일본에서 차별받고 살면서 조국이 잘돼야 해외동포들도 기를 펴고 산다는 걸 아주 뼈저리게 경험했습니다."

더 늙어 힘이 없어지지 않는 한 조국의 자주와 민주통일을 위해 적으나마 힘을 보태겠다는 것도 그런 이유에서다. 그런 그가 바라는 꿈은 결코 거창한 것이 아니다. 고향인 경상남도 남해에 있는 선영들 묘소에 들러 술 한잔 올리는 것.

"남해 읍내에 있던 심상소학교, 그러니까 당시엔 일본말로 진죠쇼각쿄라고 했던 곳을 꼭 한번 들러보고 싶군요. 소학교 때 친구들하고 소 몰고 가서 풀 먹이던 곳이 늘 눈앞에 아른거려요."

민주화의 큰 빚을 진 국내 사회가, 해외 민주화단체의 가슴에 억지로 새겨 놓은 주홍글씨를 이젠 지워 주어야 할 차례가 되진 않았는지.

● ● ●

노무현 정부가 들어서면서 한통련의 조국 방문은 성사되었다. 2004년 10월 곽 의장을 비롯한 한통련 간부들은 모국을 방문했고, 김대중 전 대통령과의 만남도 이루어졌다. 하지만 국가보안법은 여전히 존재해 있고, '한통련'은 지금도 반국가단체로 남아 있다. 방문은 성사됐지만, 그들 가슴에 새겨진 '주홍글씨'를 지워 주진 못한 것이다.

조국을 한 번 방문했을 뿐 바뀐 것은 아무 것도 없었다. 그 사이 곽동의 의장은 건강상의 이유 등으로 한통련의 상임고문이 되었고, 신임의장에는 김정부 씨가 선임되었다. 곽 의장이 한통련 고문이 된 이래 가장 특기할 만한 것은 최근 광주에서 있었던 6·15 공동선언 기념행사에 해외공동위원장이자, 일본지역위원회 위원장으로 참여한 일일 것이다. 특히 '민단'이 '총련'과 함께 참여하기로 했기에 그 의의는 무척 컸던 것 또한 사실이다. 하지만 민단의 하병옥 단장이 총련의 서만술 의장과 함께 선포한 60년 만의 화해선언(2006년 5월 17일)이 있은 지 3개월이 채 안 돼 하 단장은 '화해폐지선언'을 하기에 이르렀고, 민단은 광주에서 열리는 6·15 공동행사에 끝내 참가하지 않았다. 8·15 공동행사 역시 무산되고 말았다.

많은 민단 지방본부쪽 구성원들은 은밀히 진행된 화해선언에 대해 강한 문제제기를 가했을 뿐 아니라, 6·15 방문단의 대표가 '한통련'이란 사실에 대해서도 있을 수 없는 일이라며 반발했다. 총련계 대학인 '조선대학교' 출신의 하병옥 단장의 '개혁 민단' 선언은, 본인의 사퇴 선언으로 그만 막을 내려 버리고 말았다.

예상되는 반발에 대해 전혀 준비하지도, 대처하지도 못한 채, 이번 화해 선언과 공동방문단 계획이 단지 하룻밤의 해프닝으로 끝나 버리고 만 것이다. 이는 통일조급증과 개혁조급증 탓에 무모한 드라이브를 감행한 민단 지도부에 일차적인 책임이 있겠지만, 보다 근본적으로는 변하는 것을 두려워하는 60년에 걸쳐 굳어진 민단과 총련의 '각질 체제' 탓이라 할 수 있다. 변하려 들지 않는 50만 민단과 5만 총련 사이에서, 500명 한통련의 운신의 폭이란 거의 전무하다고 보는 편이 맞을 것이다.

재일코리안 3세들 가운데 80퍼센트가 일본인 배우자를 선택하고, 매년 1만 명 정도가 일본국적을 취득하며, 민단과 총련의 이탈자가 속출하는 현 상황에 대한 보다 근본적인 인식과 대안 모색이 이루어지지 않는 한 '화해 선언' 역시 한갓 제스처에 불과할 것이다. 일본의 밖(본국)이 아니라 일본 내에 존재하는 재일코리안들, 특히 3세의 정체성에 걸맞는 정책들을 민단과 총련은 물론 한통련 역시 내놓아야만 할 것이다. 최근 한통련을 고리로 한 민단과 총련의 화해 선언 해프닝을 지켜보면서, 젊은 재일코리안들을 위한 발상의 전환이 없는 한 그 어느 쪽도 현재형이 아닌 단지 과거형으로 기억될 것이란 생각이 들었다.

이른바 본국(남과 북)의 흉내내기에 급급한 재일코리안단체가 아니라—평화를 원하는 대다수 일본인과의 공생, 재일코리안이 아닌 일본 속의 또 다른 마이너리티들과의 연대와 같은—3세대 재일코리안에 걸맞는 '일본 사회 속의' 새로운 재일코리안 단체가 그 어느 때보다 절실한 상태다. '한통련'이 '민단'과 '총련'의 진정한 의미에서의 가교가 되고자 한다면, 보다 젊어질 필요가 있다.

05 | 도쿄 조선학교 강당에 울려 퍼진 윤도현밴드의 '오 통일 코리아'

조선학교에서 첫 공연을 가진 남쪽 대중가수와 총련계 학생들이 함께 부르는 노래

"북과 남 해외동포 누가 갈라놓았나요. 분렬의 세월에 흘린 눈물 서로 닦으며, 북과 남이 뜨겁게. 우리끼리 손을 잡고 이제는 통일하자요."

48년의 역사를 지닌 총련계 금강산가극단의 젊은 연주가 집단인 '향'의 노래 「우리끼리 잡은 손」의 일부다. 2003년 6월, 6·15 공동선언 3주년을 기념한 특별공연 '오 통일 코리아'에는 윤도현밴드가 도쿄 조선중고급학교 문화강당이 만들어진 이래 한국 대중가수로는 처음으로 초청되어 무대에 섰다.

조선학교 대강당에 울리는 한국 록

「오 필승 코리아」라는 월드컵 때 유행했던 곡의 영향이었을까. 종

6·15 공동선언 3주년을 기념한 특별공연 '오 통일 코리아'. 금강산가극단의 젊은 연주가 집단 '향' 과 '윤도 현밴드' 가 함께 자리를 마련했다.

종 '비 더 레즈' 라고 쓰인 붉은 티셔츠를 입은 학생들의 모습도 보 였지만, 6월 6일 1회 공연에서는 총련계 조선대학교 학생들이 관객 의 다수를 이뤘다.

"행진! 행진! 앞으로!" 윤도현밴드의 첫 곡이 흘렀지만, "앞으로!" 를 후렴으로 같이 외치는 이들은 거의 없었다. 한국과 재일동포의 거 리가 어느 정도인지 확인되는 대목이기도 했다. 하지만 그 같은 침묵 은 그다지 오래 가지 않았다. "모두들 일어서서 같이 부릅시다!"라는 밴드리더의 외침에 마치 기다리기라도 했다는 듯 모두들 자리에서 일어서더니 무대 앞쪽으로 몰려들었다. 이후의 무대는 흥분과 열광의 도가니. 일부는 의자 위에 올라서고, 함께 소리 지르기 시작했다. 절도 있고 차분한 조선음악 일변도였던 조선학교 대강당에 한국 록음악의 '공습'이 시작된 것이다.

격한 록음악이 잠시 잦아드는가 했더니, 미선·효순 추모 촛불시위에서 불렀던 노래 「하노이의 별」과 「너를 보내고」가 흘렀다. 무대인사에 나선 윤도현이 강자와 권력에 대한 비판의 메시지라며 미국에 대한 비판을 담은 노래라고 소개했다. 파란 조명 아래 가끔씩 노란 불빛이 반짝였다. 꽤 많은 수의 학생들이 따라 부르기도 했다. 미선·효순 양에 대해서는 이곳 조선학교 학생들도 잘 알고 있었기 때문이다.

하지만 윤도현 자신은 조

윤도현밴드와 조선학교 학생들이 노래를 부르고 있다. 윤도현밴드는 도쿄 조선중고급학교 문화강당이 만들어진 이래 한국 대중가수로서는 처음 무대에 섰다.

선학교를 비롯한 아시아계 학교에 대한 대입수험자격 차별에 관한 이야기를 한 번도 들어본 적이 없다고 했다. 일본에 도착한 뒤 서명운동에도 참석했다면서 박노해의 시에 자신이 곡을 붙인 「이 땅에 살기 위하여」라는 노래를 불렀다. 박노해가 느꼈던 1980년대 한국 '그 노동의 땅' 보다 '이 일본 땅'이 더 척박했던 탓일까. 조선학교 폐쇄령에 반대하다 목숨까지 잃었던 1948년 한신교육투쟁이, 전철 안에서 찢기던 치마저고리의 아픔이 고통스러웠던 한국의 80년대 노동 현실과 오버랩되는 것 같았다.

마지막 곡은 「철망 앞에서」. 공연 주제곡이기도 하다. "자 총을 내리고, 두 손 마주 잡고 힘없이 서 있는 철조망을 걷어 버려요." 처음 듣는 곡이지만 대형화면에 적힌 우리글을 읽고 메시지를 이해할 수 있는 조선학교 학생들에겐 그리 낯설지만은 않았으리라. 끈기 있게 지속된 우리말 교육과 단절된 역사를 넘는 소통의 가능성이 어떤 상관관계를 갖는지 웅변적으로 보여주는 순간이기도 했다.

'재일동포 반쪽' 과 '한반도 반쪽' 만의 만남

금강산가극단 '향' 의 공연은 윤도현밴드 공연에 앞서 1부에 열렸다. 관객들의 가장 뜨거운 환영을 받았던 것은 최영덕의 장새납 연주 「룡강기나리」. 장새납은 농악에서 사용되던 태평소(날라리)를 개량한 악기다. 아주 긴 고음의 피날레는 단연 압권. 장새납을 연주한 최영덕은 금강산가극단에서도 아주 유명한 연주자이다. 2001년 평

양 2·16 예술상 콩쿨에서 금상을 수상한 바 있고, 2002년 2월에는
한국 국립국악단 정기연주회에 초청되기도 했다. 드럼과 사물, 기타
와 소해금, 가야금과 피아노가 함께 잘 어울렸다. 서구음악과 조화
를 이룰 수 있는 민족악기를 만들어 낸 것도 대단하지만, 그 같은 연

주를 북쪽 연주자보다 재일
동포 3·4세들이 더 잘해
낸다는 사실이 놀라웠다.

하지만 내내 아쉬웠던 것
은 반쪽 재일동포의 공연이
란 점이었다. "북과 남, 해
외의 청년학생들과의 련대
를 강화하고 조국의 자주적
평화통일을 이룩하기 위한
운동에 전체 동포 청년학생
들을 불러일으켜 온" 총련
산하 재일본조선청년동맹
이 공연을 주관했지만, 관
객 대다수도 후원단체도 안
타깝게 재일동포의 절반이
었다. "우리끼리 손을 잡고
이제는 통일하자요"라며
노래 부를 때, 먼저 손을 잡

2004년에 있었던 원코리아 페스티벌 20주년 행사.

아야 할 것은 남녘의 통일밴드 이전에 같은 하늘 아래 사는 또 다른 반쪽의 재일동포여야 하지 않을까.

오사카의 '원코리아 페스티벌' 생각이 났다. '코리아타운' 전체가 페스티벌 내내 술렁거리고, 민단, 총련 가릴 것 없이 모두 페스티벌에 참가하는 그야말로 재일코리안 사회를 전복시키는 '카니발'과도 같은 '원코리아 페스티벌'이 왜 도쿄에서는 열리지 않을까 하는 생각이 들었다.

최근 둘러본 '원코리아 페스티벌'에서는 오키나와를 비롯한 일본의 독특한 문화도 함께 소개되었다. '원 코리아'를 넘어 동아시아의 평화와 공생을 발신하는 기지와도 같다는 느낌이었다. 참가 단체들도 불러모으는 것이 아니라, 자발적으로 경쟁적으로 참가하고 있음을 알 수 있었다. 물론 처음부터 그러했을 리는 만무하다. 20년 넘는 연륜과 투쟁이 그 같은 결과를 만들어 냈음에 틀림없다.

남과 북의 경계를 넘기 위해 필요한 것은 대표들끼리 어깨와 가슴을 부딪치는 폼 나는 포즈가 아니다. 밑으로부터의 다양한 문화교류와 안쓰러운 부대낌들만이 '경계선'의 자국들을 희미하게 만들 수 있음은 두말할 필요가 없다.

재일 경계코리안

코리안

제 2 부

재일코리안과 일본인의 경계 넘기

'재일코리안'에게 '일본' 혹은
'일본인'이란 어떤 존재일까. '긍정'해야
하지만 '부정'할 수밖에 없는 존재, 곧
'미워하지만 사랑해야 하는' 존재일 것
이다. 일본에서 살고 있다는 '재일'이라
는 수식어는 '긍정'을 강요하지만, 살아가는 과정에
서 '재일'은 '부정'을 체득하게 되기 때문일까.

그 같은 부정의 근저에는 아마도 '강제징용(연행)'
과 '일본군 전시 성폭력(위안부)'이라는 역사적 사
실이 놓여 있을 것이다. 한국인은 물론 재일코리안
들이 유독 재평가와 재해석을 용납하지 않는 역사
적 사안이 바로 이 두 가지 사실일 터인데, 그것은
해방 이후에도 아주 오랜 기간 박해와 차별을 받아
왔던 재일코리안의 처지와 그리 무관하지 않을 것
이다. 그렇다면 이들 사안과 관련하여 '평화'와
'공생'의 대안을 모색하는 행위란 전혀 불가능한
것일까.

2부의 테마인 '재일코리안과 일본인'의 경계 넘기
란, 사실 상당부분 넘어설 수 없는 '코리안과 일본
인'의 경계에 기인한다. 하지만 재일코리안이 선 자
리는 '코리안과 일본인'의 경계선상이다. 다시 말해
그 경계의 극한점에 '재일코리안'이 서 있다고 볼

수 있다. 앞서 언급한 '강제징용(연행)'도 '일본군의
전시 성폭력(성 노예)'도 '재일코리안'에겐 단순한
평가의 대상이 아니라 삶 그 자체라 할 수 있다. 그
렇기에 그 같은 문제를 넘어서기 위한 노력 역시 그
누구보다 진지하고 도전적이다. '강제징용(연행)'이
가장 많았던 일본 규슈 지역에서 이에 대한 새로운
이해와 모색을 시도하는 원로 재일코리안 역사 연구
자의 목소리는 그런 의미에서 무척 새롭게 들린다.
21세기에 들어서면서 열린 '여성국제전범법정'과
이후 4~5년에 걸친 '일본군 전시 성폭력' 관련
NHK 특집방송 논란 역시 많은 것을 생각하게 한다.
스스로를 '객관'화할 줄 아는 용기, 객관화된 '자아'
를 자신의 중심에 놓으려는 부단한 노력의 소중함을
새삼 일깨워 주기 때문이다.
'북일정상회담(2002년 7·17 평양선언)'이후 불거진
이른바 일본 내의 '납치정국'과, 잊힐 만하면 불거
져 나오는 '독도 문제'는 남북을 가릴 것 없이 일본
속의 '재일코리안'에겐 늘 고통스러운 테마라고 할
수 있다. '납치사건'이 있은 지 3개월 만에 열린 재
일코리안들의 집회에선 울분과 호소가 주류를 이루
었다. '강제징용'이라는 납치의 역사를 벌써 잊었느
냐는 울분 섞인 성토였지만, 일본의 '강제징용'의

역사가 잘못된 것이었듯 북의 '납치' 역시 잘못된 것임엔 틀림없기에, 이들의 성토는 '푸념'에 가까웠다. 하지만 1년 후 고통의 역사를 '평화와 공생'을 위한 반전의 계기로 만들기 위한 기획이 이루어졌고, 그 기획은 이듬해까지 이어지기도 했다. '한반도'와 '일본' 사이에 긴 채 허우적대는 존재가 '재일코리안'임에 틀림없지만, 그 문제를 해결하는 능동적 존재 역시 '재일코리안'임을 확인하는 대목이라 할 수 있다.

끝으로 '한국인' 혹은 '재일코리안'과 '일본인' 사이에 놓인 가장 커다란 경계선이라 할 수 있는 독도 문제를 살펴보았다. 독도 문제가 터질 때마다 늘 죽을 맛이었던 탓에, 어떤 식으로든 이 문제에 돌파구를 만들어야겠다는 생각이 들었다. 어떻게 하면 '독도' 문제를 '평화와 공생'의 문제로 전환시킬 수 있을까 생각하면서, 제일 먼저 떠올랐던 것은 '일본인'을 위해 자신을 던졌던 고 이수현 씨였다. 보다 정확하게 말하자면 '보통의 일본인'이 아닌 '보통 사람(타자)'을 위해 그는 몸을 던졌다고 해야 할 것이다. '보통의 일본인'을 '보통의 사람'으로 들여다보는 눈과, 그를 위해 자신을 던질 줄 아는 마음(용기)은, 무력이 아닌 사랑을 통해 적을 이기겠다는

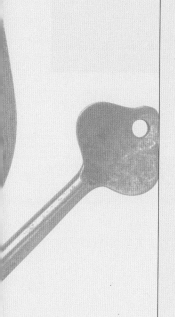

'햇볕정책'과 무척 닮아 있었다. 한국과 일본, 러시아와 일본, 중국과 일본 사이에 놓인 '대립과 분쟁의 바다'를 '평화와 공생의 바다'로 만들기 위해 필요한 것이란, 대다수의 '보통 일본인'을 '전쟁주의자 일본인'과 구별하는 지혜를 가지고 그들과 '평화와 공생'을 일구어 나가기 위한 노력을 함께 기울이는 일일 것이다.

01 징용자여, 편히 쉬소서

규슈 탄광 지역 조선인 징용자의 추도당 건립과, 감상과 편견의 역사 넘어서기

일본 식민지 정책에 의해 강제연행된 사람들을 위한 추도당이 지난 2000년 12월 2일 일본 규슈 이즈카에 세워졌다. 규슈 치쿠호에 있는 탄광으로 강제연행된 뒤 탄광에서 희생된 사람은 대략 15만 명 정도. 그러나 이들의 유골은 식민지에서 해방된 지 반세기가 흘렀지만, 치쿠호 곳곳에 그냥 방치돼 있었다. 이번에 연고 없는 이들을 위한 '납골식 추도당'이 만들어지면서야 비로소 길고 긴 고난의 유랑은 멈출 수 있게 되었다.

추도당의 명칭은 무궁화당. 치쿠호에 있는 재일동포들이 남과 북의 벽을 넘어, '재일 치쿠호 코리아 강제연행 희생자'를 위해 한마음으로 합심해 추도당 건립을 위한 실행위원회를 세운 지 만 6년 만의 일이다. 건립실행위원회의 대표를 맡고 있는 배래선 씨는 자신의 조선적을 한국국적으로 바꾸면서 양쪽의 협력을 얻어낼 수 있었

일본 규슈 지역 치쿠호 일대의 탄광에서 희생된 재일코리안들을 기리기 위한 납골식 추도당인 '무궁화당'.

다. 배 대표 자신도 일제시대 때 끌려와 조선소와 규슈 탄광 등지에서 강제노동을 당한 징용자. 그는 지난 1986년 병상에서, "20세기 고난의 한 당사자로서 금세기의 고통을 다음 세기로 넘기지 않기 위해서는" 민단과 총련의 벽을 허물고 함께 문제를 풀어 가지 않으면 안 된다고 생각했다고 한다. 추도당 낙성식에도 후쿠오카 주재 한국영사관 이남교 영사와 조선총련 치쿠호 지부 위원장이 함께 참석해 "손을 맞잡고 21세기를 만들어 가자"는 인사말을 하기도 했다.

이번 추도당 건립에는 뜻있는 일본인과 이즈카 시청 관계자들의 도움도 컸다. 지난 1996년 추도당 건립에 필요한 부지를 요청받은 이즈카 시는 2년간의 긴 교섭 끝에 "탄광 희생자의 역사를 후세에 알릴 필요가 있다"는 판단을 내리고 시 소유의 '이즈카 공원묘지'

를 임대해 주기로 결정했다. 이즈카 시는 아울러 공원묘지의 일부를 '국제교류광장'으로 정비하기로 결정했으며, 인근 시와 지방자치단체에서도 건립을 위한 기금을 보내오기도 했다.

이 납골식 추도당은 민단과 총련의 재일동포와 일본인들이 보내온 1,500만 엔이 넘는 성금과 기부로 세워졌다. 역사 회랑(回廊)을 포함한 2기공사 역시 뜻있는 이들의 성금으로 이루어질 수 있었다. 건립실행위원회 배 대표는 "규슈 탄광에 강제징용돼 희생된 15만 명의 영령을 기리는 일은 일본과 남북한 양 민족은 물론 모든 인류가 항구적인 평화를 희구하는 발신지로서의 의의를 새롭게 하는 것일 뿐 아니라 세대를 넘도록 그 의의를 지켜나가기 위한 약속이자 기원"이라고 설명한다. 추도당 건립은 식민지 역사의 산 체험장으로서 한반도에 사는 모든 이들에게도 그 의의가 자못 크다.

4년 만에 처음으로 찾아간 '무궁화당'

2000년 겨울 '무궁화당'에 관한 위의 이야기를 썼지만, 사실 직접 가보고 쓴 것이 아니었다. 전화로 들은 얘기와 우편으로 전달된 자료가 전부였다. 이른바 '강제연행' 혹은 '강제징용'이란 단어가 전혀 실감이 나질 않았다. 그 후 아득해져 가던 '치쿠호'가 눈앞에 다시 나타나기 시작한 것은, '무궁화당'에 관한 글을 쓴 지 3년여가 지났을 무렵이었다. '치쿠호 탄광'에서 비교적 가까운 구마모토로 직장을 옮기게 되었기 때문이다. 전화 속의 배래선 씨 목소리는 무척 밝았다. 2기 회랑 공사는 물론 다 끝나 있었다. 회랑에는 치쿠호 탄광에서 일하던 재일코리안들의 역사가 잘 정리되어 있었다. 한국의 중고등학생들과 대학생을 비롯한 많은 사람들이 그곳을 다녀갔다는 것도 알 수 있었다.

후손들에게 인계되지 못한 많은 유골함들이 여전히 '무궁화당' 안에 보존되어 있었다. 배래선 씨는 유골 인계의 어려움을 다음과 같은 예를 들어 설명하기도 했다. 무궁화당이 최종 건립되었을 때, 한국에서 건너온 한 아주머니가 가장 서럽게 울었는데, 사실은 유골 문제로 한국에 찾아갔을 때 그 아주머니는 별 엉뚱한 소리 다 듣겠다는 식으로 문전박대했던 사람이었다는 것이다. 사실 규슈 곳곳에 묻혀 있는 '(강제)이주자'들의 유골이 얼핏 보아선 우리와는 전혀 상관없는 먼 나라의 이야기처럼 들릴지 모르지만 실은 우리 자신의 부모 혹은 친척들의 이야기라는 것을 새삼 실감할 수 있었다.

'치쿠호 탄광'이라는 존재는 이후로도 내내 머릿속을 맴돌았다. 그러던 중에 부산 지역의 역사 선생님들과 학생들이 '평화의 여행'이라는 주제로 치쿠호 탄광 지역을 탐방한다는 이야기를 듣고 다시 그곳을 찾아 나섰다.

길 안내를 맡은 사람은 기타규슈(北九州)에서 2대에 걸쳐 재일코리안 민권운동을 해 온 한국인 목사와, 교토의 도시샤(同志社) 대학을 나와 1970년대부터 그곳 탄광에서 목회활동을 꾸준히 해 온 일본인 목사였다. 해방이 되어 한국으로 돌아가려 했지만 배가 없어 돌아가지 못한 사람들과, 작은 배에 무리하게 탄 채 돌아가려다 풍

'무궁화당' 안에 있는 '코리아 강제연행 희생자 납골당'이라 새겨진 비석. 무궁화와 서울·평양이 들어간 한반도 지도가 글자 위에 함께 새겨져 있다.

'무궁화당' 안에 있는 유골함에 대해 설명하는 배래선 씨. 유골함에는 한국식 이름이 적혀 있다.

한국을 방문해 아버지의 유골임을 설명했을 땐 냉담했었지만, 정작 치쿠호의 '무궁화당'을 찾아 아버지 생각에 서럽게 울고 있는 탄광노동자의 딸.

탄광에서 일하던 조선인 노동자들에게 '입갱 중지'를 호소하는 유인물이 한글로 적혀 있다. 타일 벽 위쪽은 이를 번역해 놓은 일본어.

랑에 좌초해 죽어서도 고향땅을 밟지 못하고 파도에 떠밀려 일본 후쿠오카 바닷가로 되돌아온 사람들 이야기를 들을 수 있었다. 그들 가운데 일부가 '오다야마(小田山) 공동묘지'에 안장되어 있었다. 몇몇 뜻있는 일본 사람들과 재일코리안에 의해 수십 년이 지난 뒤에서야 공동묘지 한켠에 묻힌 그들을 위한 기념비가 세워질 수 있었다고 한다.

또 다른 이들의 증언을 토대로 알려지게 된 '치쿠호 탄광 지역' 내의 '휴가묘지'에는 이름도 없이 묻힌 이들의 무덤이 놓여 있었다. 표식이라야 '석탄을 빼낸 뒤 버린 돌(보타 돌)'이 유일한 것이었다. 부근에 묻힌 애완동물들도 자신의 이름을 새긴 나름의 표식들이 있었지만, '보타 돌'에는 아무런 이름도 적혀 있지 않았다.

뭔가 뭉클한 것들이 솟아올랐다. 하지만 그 순간 그 '뭉클함'의 정체가 무엇일지 궁금해지기 시작했다. '민족애' 혹은 '역사 속의 사회적 약자'에 대한 애정, 아니면 '전쟁과 동원에 대한 반감', 대체 어떤 것이었을지 궁금해지기 시작했다. 그중 하나일 수도 있고, 그 전부일 수도 있을 것 같았다. 하지만 지나친 '감상'은 불필요한 '과장'과 '왜곡'을 불러일으킬 수도 있으리라는 생각이 들기도 했다.

감상과 편견을 넘어선 '강제징용'의 역사

이 같은 의문은 세 번째 치쿠호 탄광 탐방 과정에서 보다 구체적으로 제기되었다. 후쿠오카 지역의 시민단체가 주관한 필드워크였는데, 이를 안내해 준 사람은 오랫동안 그 지역 역사 연구를 계속해 온 팔순의 재일코리안 역사학자 김광렬 씨였다.

그는 치쿠호 탄광 지역을 탐방하기에 앞서 우선 모든 편견으로부터 자유로워질 것을 당부했다. 이를테면 치쿠호 탄광 지역에서 일했던 재일조선인들이 모두 '강제연행자'라든가, 이곳에서 발굴된

신문기사에 대해 비판을 가하는 김광렬 씨.

유골은 모두 재일조선인들의 유골이라는 식의 편견에서 자유로워지지 않는 한 또 다른 역사의 왜곡이 이루어질 뿐이라고 했다. 자기가 보고 싶은 것만 보고, 자기가 해석하고 싶은 대로 모든 것을 해석해선 안 된다는 것이었다. 예전 광업소였던 곳의 한 공동묘지 입구에 놓인 기념비 앞에 선 그는 "탄광에 조선인이 연행되어 왔다. 공동묘지에는 조선인도 묻혀 있다. 따라서 공동묘지는 조선인의 묘지다"라는 식의 삼단 논법을 주장해선 안 된다고 했다. '보타 돌'이 세워져 있는 곳은 모두 '조선인 강제 희생자'의 묘라며 아전인수식으로 해석해선 안 된다고도 했다. '강제연행' 자체를 부인하려는 일본 내의 반평화주의자들에게 반박의 빌미를 줄 뿐이라는 것이었다.

실제 식민지 시대 말기 규슈 탄광 지역에서 일했던 조선인 노동자들 가운데 강제징용(강제연행)되어 온 노동자들이 집중되었던 시기는 1944년 이후로, 이전의 탄광 지역 조선인 노동자들은 관 혹은 회사 측의 알선과 모집에 의해 고용된 경우가 많았다. 물론 '강제징용(연행)'이 아니었다 하더라도, 식민지 조선에 실시되었던 일본의

'토지조사사업' 등이 조선 농민들을 토지에서 몰아냈고, 토지를 박탈당한 조선인들이 일본의 탄광 지역과 중국 동북부의 간도 등지로 갈 수밖에 없었기 때문에, 자신의 자발적 의지에 의한 것이 아닌 사실상 '준강제적인 노동'이었다는 것이 김광렬 씨의 설명이다.

'강제', '준강제' 혹은 '자발적'이었는지 아닌지를 현시점에서 되묻는 이유는, 동아시아 및 태평양에서의 전쟁이 있던 시기에 존재했던 일본의 '강제적 총동원성'을 약화시키거나 은폐시키고자 하는 데 있지 않다. 오히려 그 같은 '강제' 혹은 '동원'과의 대립각을 보다 분명하게 세우되, 그 대립의 전선을 어디로 설정할 것인가 하는 문제, 타협할 수 없는 그 대립각을 어느 지점에서 세울 것인가 하는 문제 때문이라고 할 수 있다.

한국과 일본 사이에 전선을 놓을 것인가, 아니면 당시 강제동원을 당했던 사람과 강제동원을 시켰던 사람들 사이에 전선을 놓을 것인가. 물론 그리 간단한 문제는 아니다. 강제동원을 당했던 사람들과 시켰던 사람들을 모두 동일한 층위에서 논할 수 없기 때문이다.

하지만 문제는 과거가 아니라 현재이다. 지금도 일본과 관련지어 동아시아는 전쟁과 대결의 역사에서 그렇게 자유롭지 못한데, 문제는 이를 '국민' 간 대결로 환원시키려 하는 데 있다. 일본과 한국이라는 '국민' 대 '국민'의 대립구도가 아니라, '전쟁과 대결'로 문제를 해결하려는 축과 '평화와 공생'으로 해결하려는 축 사이의 전선이 우리들에겐 보다 절실하다.

규슈의 또 다른 탄광 지역인 미이케(三池)에서 만난 재일코리안

우판근 씨는 '강제연행'이란 표현 대신 '징용'이란 표현을 썼다. 미이케 탄광은 규슈 후쿠오카(福岡)현 남부 오무타(大牟田)와 구마모토(熊本)현 북단 아라오(荒尾)에 걸쳐 있는 미쓰이 그룹의 탄광으로, 조선과 중국, 오키나와 등지에서 강제 혹은 반강제로 사람들을 데려와 일을 시킨 곳이며, 종전 후(1945년 8월 이후) 일본 최대의 노동쟁의와 최대의 탄광 사고가 난 곳이다.

우판근 씨는 전쟁 시기 미이케 탄광에서 죽어간 조선인들의 명복을 빌기 위해 전후 50년을 기념해 '징용 희생자 위령비'를 오무타시에 세웠다. 그가 '강제연행'이란 용어를 쓰지 않고 '위령비' 앞에 '징용'이란 단어를 쓴 것은, 많은 일본 사람들이 '강제연행'이라는 단어에는 거부감을 가져도 '징용'이란 단어에는 이의를 제기하지 않기 때문이다. 보통의 일본 사람들 역시 '징용'과 '징병'을 경험한 까닭이다.

오무타시와 미쓰이 그룹 관련 회사들은 조선에서 온 '징용 희생자' 위령비 건립을 위해 자신들의 이름으로 많은 건립비를 내놓았다. '강제연행'이 아닌 '징용 희생자'란 표현이기에 가능한 것이었다. 다수의 오무타 시민과 다수의 미쓰이 그룹 관련 직원들을, 적대시해야만 할 '일본 국민'으로서가 아니라, '전쟁과 대결' 대신 '평화와 공생'을 선택한 공동의 '시민 주체'로 인정한 셈이다.

치쿠호 탄광 지역을 다녀온 부산 지역의 고등학생들은 치쿠호 탄광이 지닌 '현재적 의미'를 정확하게 꿰뚫어 보기도 했다. 그들은 조선을 떠나와 규슈의 탄광 지역에서 일하다 죽어간 이들을 둘러보

징용희생자비 앞에 선 우판근 씨.

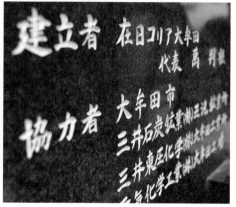

우판근 씨는 오무타시의 재일코리안을 대표하여, 오무타시 및 미쓰이 그룹 오무타 관계자들의 협력을 받아 '위령비'를 건립하였다.

면서, 부산 지역의 외국인(이주) 노동자 생각이 났다고 했다.

그것이 정치적 이유였든 경제적 이유였든 간에, 강제적이었든 자발적이었든 간에, 징용노동 역시 넓은 의미에서는 '이주노동'임에 틀림없다. 근대가 시작된 이후 보다 광범위하고 체계적이며 때론 폭력적이기조차 했던 '동아시아 이주노동사'의 연장선상에, 치쿠호 탄광노동자들의 역사를 자리매김하는 것은 무척 의미 있는 일임에 틀림없다.

치쿠호를 비롯한 규슈 탄광이 문을 닫은 지 벌써 이십여 년이 넘었고, 징용 등의 이유로 조선인들이 치쿠호 탄광으로 건너와 온갖 고초를 다 겪은 지도 60년이 지났다. 하지만 치쿠호는 다시 그곳을 찾는 이들을 통해, '평화'의 발신지로서, 동아시아의 이웃이 함께 나누며 살아가야 할 교훈을 새삼 일깨워 주는 '상생'의 발신지로서 새롭게 거듭 태어나고 있다.

02 의문의 '전시 성폭력' 특집방송
'일본군의 전시 성폭력'을 다룬 NHK 특집방송과, 5년에 걸친 자민당과 「아사히신문」간의 공방

일본의 공영방송 NHK는 각국의 전쟁범죄를 다룬 「시리즈— 전쟁을 어떻게 재판할 것인가」를 지난 2001년 1월 말 4차례에 걸쳐 방영했다. 1, 3, 4회분은 다른 국가들의 전쟁범죄를 다뤘고, 2회분은 2000년 말 도쿄에서 열린 '여성국제전범법정' 내용을 포함한 일본의 전쟁범죄를 다뤘다. 하지만 2회분의 방송된 내용은 처음에 기획된 것과 전혀 달랐다. 일본 「아사히신문」과 「주간 금요일」은 이 같은 사실을 보도하면서, 그 배경에 일본 보수세력과 거물급 정치인의 개입이 이뤄졌을지 모른다는 의혹을 제기했다.

'NHK'가 반일 편향?
문제가 불거지게 된 것은, 이번 프로그램 제작에 협력한 '여성국제전범법정' 주최단체인 '바우넷(VAWW-NET) 저팬'이 공개질의서를 제출하면서부터였다. 주최단체의 이름조차 나오지 않은 방송 내용에 불복해서였다. 그 프로에 출연했던 다카하시 도쿄 대학 교수와 요네야마 캘리포니아 대학 교수 등도 지난 2001년 2월 16일 NHK에 면담 요청서를 보냈다. '부자연스런 방송' 내용에 대한 설명을 듣기 위해서였다.

도대체 무엇이 문제가 된 것일까. 먼저 「주간 금요일」 등에 소개된, 일본 우익의 거친 '항의 과정' 부터 살펴보자. 2001년 1월 27일 오전 10시 무렵 NHK 4층 정면 현관에는 'NHK의 반일 편향을 시정하는 국민회의' 라는 이름을 내건 단체(우익단체인 유신정당, 가미카제 등이 주축) 30여 명이 들이닥쳤다. 그들은 "2회분 방송 예정인 '일본군의 전시(戰時) 성폭력'은 쇼와 텐노를 전쟁범죄자로 몰아붙이는 말도 안 되는 프로다. NHK의 목적은 전쟁범죄를 날조하려는 반일 세뇌다"라며 무려 7시간 동안 경찰과 대치했다. 그러던 중 이번엔 '대일본 애국당'의 가두 선전차량 6~7대가 서쪽 출입문을 돌파해서 현관까지 밀고 들어왔다. 제복을 입은 당원 20여 명은 건물 안까지 들어와 약 1시간에 걸쳐 항의했다. 이후에도 항의서한 발송, 프로그램 책임자 등의 집에 협박전화 걸기 등이 끊이지 않았다.

이 같은 항의 때문일까. 이후 방영된 2회분의 내용은 대폭 수정되었다. 우선 방송 시간이 1, 3, 4회에 비해 정확히 4분 단축되었다. 다른 프로그램들은 전부 44분짜리였는데, 유독 2회분만 40분간 방

NHK에서 방영한 「시리즈―전쟁을 어떻게 재판할 것인가」의 제2회분 '문제시되는 전시 성폭력' 화면.

송된 것이다. 이는 무언가가 삭제되었을 가능성을 내포하고 있다. 두 번째로는 2회분만 프로그램의 앞뒤에 1회분 방송 내용의 요약과 3회분에 방송될 전시(戰時) 성폭력을 재판하는 세계적인 흐름에 대한 소개를 했다는 점이다. 세 번째로는 2회분의 제목이 애초 '제2차 세계대전. 일본군에 의한 성폭력(「월간 더 텔레비전」 3월호에 소개된 제목)' 혹은 '일본군의 전시(戰時) 성폭력(전범법정 주최자 쪽에 전달된 제목)' 이었던 것이, '문제시되는 전시 성폭력'으로 바뀌었다는 점이다. '일본군' 이라는 글자가 사라진 것이다. 뿐만 아니라 전범법정에 대한 의문점들을 늘어놓은 한 대학교수의 코멘트를 방송 이틀 전에 급히 취재해 프로에 삽입시키기도 했다.

생생한 증언들 갑자기 사라져

하지만 무엇보다도 가장 이상한 점은 전범법정에서 가해병사로 증언한 바 있는 스즈키의 증언이 잘려 나갔다는 점이다. 스즈키에게는 방송 2~3일 전에 방송 책임자로부터 "법정에서의 증언 장면을 사용하게 해 달라"는 전화까지 왔었지만, 정작 방송엔 한 장면도 나오지 않았다. 함께 증언했던 전 일본군 병사 가네코의 경우도 마찬가지였다. 문제는 분명해졌다. "삭제·수정된 부분이 있었다면, 구 일본군의 조직적 성폭력 실태를 전범법정이 명백히 하고, 쇼와 천황 등 책임자에게 유죄판결을 내린 것을 전하는 부분이었을 것"이라고 「슈칸 긴요비」의 다케우치 가즈하루 기자는 말한다.

물론 NHK 쪽은 이 같은 사실을 전면 부인하고 있다. 그렇지만 노조회보는 "방송 당일 일단 1분이 단축되어 방송 3시간 전에 시사회를 가졌지만, 상층부의 지시로 더욱 단축돼 방송 시간이 40분이 되었다. 삭제된 부분에는 전 위안부의 피를 토하는 증언이 있었다"고 폭로하고 있다.

이 문제는 최근 일본 역사 교과서 문제, 주일 한국대사관 앞에서의 시위 등 일본 내 '전쟁 예찬론자'의 목소리가 점점 높아져 가고 있는 과정에서 제기돼, 일본 내 양심적 지식인들로부터 많은 우려를 자아내고 있다. 하지만 일본에 '전쟁 예찬론자'의 목소리만 높은 것은 아니다. 전범법정을 주최하고, NHK에 공개항의서를 보낸 '바우넷 저팬'과 같은 양식 있는 목소리 또한 일본에는 건재하다.

2000년 8월 도쿄 인근에 있는 치바에서 열린 '타이완으로부터의 호소—다시 전 종군위안부의 증언을 듣는
다' 는 모임. '전쟁 책임을 생각하는 치바 8월의 모임' 이 주최했다.

「아사히신문」과 자민당의 진실 공방

문제가 다시 불거진 것은 4년 후인 2005년 1월 12일. 이 프로그
램의 수석 프로듀서의 내부고발과 관련자들에 대한 취재를 토대로,
「아사히신문」은 '외압' 에 의해 '일본군 전시 성범죄' 특집이 대폭
수정되었다고 보도했다. 자민당의 실세인 '아베 신조(安倍晉三)' 와
'나카가와 쇼이치(中川昭一)' 경제산업상이 외압의 당사자로 지목
됐다. 다음날 당시 특집 프로그램의 수석 프로듀서가 눈물의 공개
증언을 하자 문제는 확대되기 시작했다. 외압 당사자로 지목된 이
들과 NHK는 반격에 나섰고, 「아사히신문」 역시 '법적 대응' 에 나

서겠다며 대립했다.

「아사히신문」이 강공으로 나온 것은, 당시 NHK의 방송총국장이었던 마쓰오 다케시와의 인터뷰 과정에서 "우파 실력자의 발언을 엄청난 압력으로 느꼈다"는 이야기를 들었기 때문이라고 한다. 하지만 NHK의 방송총국장은 이를 곧 전면 부인했다. 그가 실제로 이같은 발언을 했는지에 초점이 모아졌지만, 「아사히신문」은 그 근거를 결국 대지 못했다. '증거자료를 제시할 수 없었다'는 표현이 사실에 더 가깝다고 할 수 있는데, 취재원의 허락 없이 몰래 녹음한 테이프를 증거자료로 내놓을 수 없었기 때문이라는 것이 당시 매스컴들의 일반적인 분석이었다.

문제가 더욱 확대된 것은 한 월간지의 보도 때문이었다. 고단샤(講談社)가 발행하는 「월간 겐다이(現代)」는 외압사건의 전말을 보도하면서 NHK 방송총국장의 증언을 아주 생생하게 실었는데, 이는 「아사히신문」 취재진의 녹음테이프 혹은 녹취록을 토대로 작성되었기 때문이라는 이야기도 나오기 시작했다. 이에 대해 자민당은 「아사히신문」에 대한 취재 거부라는 결정을 내렸다.

「아사히신문」은 사내 취재자료의 외부 유출 등의 책임을 물어 요시타 신이치(吉田愼一) 도쿄 본사 편집국장을 보직해임하고, 요코이 마사히코(橫井正彦) 사회부장을 해임했다. 아울러 2005년 1월 12일자 신문의 NHK 보도 프로그램에 대한 정치권의 외압 의혹 기사에 대해, "확인 취재가 부족했다"며 "깊이 반성한다"고 사과했다. 하지만 「아사히신문」은 그 기사 자체를 정정하지는 않겠다고 밝혔다. 취재 부족과 취재자료의 외부 유출 등에 문제가 있긴 하지만, '외압 의혹'에 관한 기사 자체에 문제가 있는 것은 아니라는 「아사히신문」 쪽의 속내를 짐작케 하는 대목이다.

동아시아의 긴장과 대립의 중심에 서 있는 자민당의 중심 세력과 「아사히신문」 사이의 힘겨루기는 결국 「아사히신문」 쪽의 판정패로 끝났다. 하지만 자민당의 핵심 세력들이 주변국들과의 '평화와 공생'이 아닌 '분쟁과 대결'만을 고집하는 한, 문제의 불씨는 여전히 남아 있다고 봐야 할 것이다.

03 평양선언과 '조선적'의 가슴앓이
북의 '납치 인정' 3개월 후, 총련계 재일코리안들이 말하는 고통과 울분

2002년 9월 17일에 있었던 북-일 간의 평양선언 이후 3개월여. 일본에 사는 재일동포들의 삶은 어떠했을까. 민족학교에 다니는 자녀를 둔 재일동포들, 특히 조선적을 가진 이들에게는 회의와 공포 혹은 알 수 없는 분노에 휩싸인 3개월이었음에 틀림없다.

평양선언의 골자는 일본은 식민 지배를 사과하고, 북한은 일본인 납치 문제를 인정하고 유감을 표명함으로써 양국 간의 문제를 마무리 짓고 본격적인 수교 협상에 돌입한다는 것이다. 총련 산하 현 단위 본부와 각 지역 재일동포 상공회는 평양선언이 있은 다음날 긴급회의를 열었다. 2002년 9월 26일자 「아사히신문」에 의하면, 이 자리에서 특히 젊은이들을 중심으로 납치 문제와 관련, 총련 집행부에 대한 비판이 연이어 터져 나왔다고 한다. "본국에도 총련에도 배신당했다." "총련의 현 집행부는 퇴진해야 하는 것 아닌가."

"피해자였던 우리는 지금 가해자"

　이들의 내부 비판은 표면화돼 나타나기도 했다. 재일동포들이 많이 살고 있는 오사카를 중심으로 변호사·회계사·인권활동가 등으로 구성된 '재일본조선인인권협회 긴키지방본부'는 2002년 9월 25일 성명을 냈다. '재일본 조선인에의 차별과 편견, 조선학교 학생들에 대한 박해'에 대한 비난에 이어, 납치 문제를 '조-일의 이상한 국가 관계 하에서 발생한 사건'으로 규정지으면서도, "조선(북한)이 책임을 면할 순 없다"며 본국을 정면에서 비판하고 나선 것이다. 일본인 납치 행위에 대한 항의와 진상 규명을 요구하며 "식민지 지배의 피해자 자손인 우리들이 지금 '가해자'의 입장이기도 하다는 것을 통감하면서 희생자와 그 가족들에게 마음으로부터의 사죄를 하고 싶다"고도 했다.

　하지만 총련은 공식적으로는 "나라를 대표해 의견을 말할 수 없다. 그럴 자격도 없다"는 입장이다. 이 같은 총련의 태도에 대해, 총련 산하 '재일본조선인 도쿄도 상공회' 리수오 부회장은 잡지「논좌」 2003년 1월호 인터뷰에서, 현 총련 집행부가 관료화되었다며 지금까지의 실책과 동포 이탈의 책임을 지고 퇴진해야 한다고 주장했다. 또한 인사권을 동포에 이관하고 무기명 선거를 통해 대표를 선출해 정책을 결정해야 한다고 제안했다.

　일본인들의 협박과 이지메도 잇따랐다. 조선학교 여학생의 치마를 찢는 사건이 일본 각지에서 일어난 데 이어, 2002년 11월 9일 총련과 일본 사민당에는 '조선 정벌대' 명의의 협박문과 총탄이 전달되었다. 2002년 11월 16일에는 다시 "총을 쏴 버리겠다. 조선학교 학생을 표적으로 삼겠다"는 협박전화도 걸려 왔다.

일본 매스컴 역시 납치 사건을 보도하면서 총련에 소속된 사람들은 모두 스파이라는 식의 인상을 주는 내용을 연일 내보냈다. 총련 쪽이 북쪽 공작원 사건에 35건이나 관여했다는 지난 2002년 12월 13일자 「산케이신문」 보도를 비롯해 텔레비전과 각종 주간지들은 총련계 재일동포들에 대한 인신공격에 가까운 기사를 수도 없이 방영 보도했다.

납치 사건을 계기로 스스로를 되돌아보고 자성만 하기에는 해도 너무한다는 생각이 들기 시작한 것은 평양선언이 있은 지 대략 3개월 만의 일이었다. 이제 자신들의 목소리를 내지 않으면 안 되겠다고 생각한 것이다. 이들이 제일 참을 수 없었던 것은 "우리가 누구 때문에 끌려와 이 고생을 하느냐"는 것이었다.

해결되지 않은 식민지 문제

'평양선언을 말하고, 재일조선인의 재생을 위해, 식민지 지배의 책임을 묻는다!'는 집회가 열린 지난 2002년 12월 14일 한국 YMCA에는 600여 명의 재일동포들이 참석했다. 그동안의 충격과 울분들을 털어놓고 얘기해 보자는 취지에서 마련된 자리였기 때문인지 복도와 창가 할 것 없이 바닥에 주저앉을 정도로 많은 사람들이 모여들었다.

취재는 엄격히 제한되었다. 이를 빌미로 또 다른 이지메가 쏟아질 것을 우려한 주최측은 취재사를 제한했음은 물론, 일반인을 향한 사진 촬영도 금지했다. 인터넷에 당사자의 사진이 올라 문제시되는 것을 우려한 조치였다. 그동안 얼마나 많은 유형·무형의 피해를 입었는지 짐작해 볼 수 있는 대목이다.

"9·17 선언으로 식민지 지배 이래 조선적을 가진 재일동포들의 문제가 해결되리라고 생각했지만, 결과는 완전히 그 정반대였다." "1965년 남쪽의 한일조약 체결과 마찬가지로 '식민지 문제'가 제거된 채, 왜 경제협력 문제만이 제기되고 있는지 알 수 없다." "납치 문제에 관한 일본 매스컴들의 악의적 보도로 재일동포들은 움츠러들고, 심지어 공포에 떨고 있다. 왜 그래야만 하는가. 우리는 일본의 피해자일 뿐이다. 따라서 우리는 이 시점에서 일본의 식민지 지배를 묻지 않을 수 없다." 사회자의 집회 취지 설명이다.

제기된 문제는 대략 세 가지. 납치 사건 이후 일본 매스컴의 태도와 일본 정부의 태도, 그리고 식민지 문제와 관동대지진 문제, 마지막으로 자기반성이다. 재일동포 원로작가인 김석범 씨는 특히 "일본은 언제나 자신이 제2차 세계대전의 피해자라고만 생각하고 있다. 어떻게 조선에 대해서도 자신이 피해자라는 사실만 기억할 수 있는지 모르겠다"고 목소리를 높였다.

식민지 지배 문제와 납치 문제가 동일선상에서 논의될 수 없다는 데는 그날 참석한 사람들 모두 같은 목소리였다. 오쓰마 여자대학의 정영혜 교수는 특히 관동대지진 문제를 제기했다. 일본인들에 의해

2002년 재일선언위원회가 주최한 '9·17을 말하고 재일조선인의 재생을 위해, 식민지 지배의 책임을 묻는다! 집회 모습.

무수히 많은 조선인들이 학살당했지만, 제2차 세계대전 이전에도 이후에도 일본 정부가 이들에 대해 언제 사과 한번 제대로 한 적이 있느냐는 것이다. 일본에 강제로 연행돼 와 온갖 강제 노역과 차별과 멸시를 받아 온 자신들과 그 자손들에게 사과의 말은커녕 어떻게 그토록 손가락질만 할 수 있느냐는 것이다.

이를 작가 서경식 씨는 3개의 시간성을 들어 설명했다. 식민지 시대의 시간성, 70년대의 시간성, 그리고 2000년대라는 글로벌 시대의 시간성. 재일동포들은 이 3개의 동시적 시간성 속에서 살고 있다고 했다. 식민지 문제가 제대로 해결되지 않는 한 재일동포들은 영원히 식민지 시절의 고통스런 주술에서 벗어날 수 없다는 얘기다.

납치 문제에 일본 책임은 없는가

자유 발언들이 쏟아진 것은 2부 행사가 시작되면서부터였다. 나고야에서 올라온 한 중년 남성은 "한국에선 북파공작원들이 가스통에 불을 붙여 시내 한복판에서 데모를 한다고 들었다. 남북이 분단된 슬픈 상황 하에서 서로 스파이를 보내고 각종 공작을 하곤 했는데, 납치 문제도 그 연장선상에 있다고 본다. 하지만 분단을 누가 만들어 냈는가. 일본이 이 문제에서 과연 무죄라고 할 수 있

작가 서경식 씨의 발언 모습.

는가"라고 말했다. 도쿄에서 온 또 다른 중년 남성은 "일본 매스컴이 일본의 국익에만 근거해 보도하고 있어 안타깝지만 납치 문제는 국제 범죄로 마땅히 규탄 받아야 하며 철저히 규명돼야 한다. 북쪽 정권은 박정희 군사독재 정권보다 더 심한 군사독재 정권인데, 올바른 국교 정상화가 이루어지려면 북쪽에 더 민주적 정권이 들어서야 한다"는 의견을 냈다.

자성과 분노가 중첩된 재일동포들의 목소리가 연이었다. 하루아침에 피해자에서 가해자로 변해 버린 자신들의 모습에 대한 당혹스러움과 울분이 절절하게 묻어났다. 이날 모임에 참석한 리쓰메이칸

대학의 한 학생은 자신을 가리켜 '구 식민지 출신자'라고 소개했다. 수교가 되지 않은 상태에서 붙여진 '조선적'이란 이름에 딱 어울리는 표현이었다. 최근 일본국적이나 한국국적을 많이 취득하지만, 북쪽과 일본이 수교를 한다 해도 이들 가운데는 북쪽의 국적이 아닌 조선적을 그대로 유지하겠다는 이들도 많다. 조선적을 지닌 재일동포들의 문제가 그대로 존재하는 한, 식민지 문제 청산을 이루겠다는 북-일 국교 정상화도 어쩌면 헛수고에 지나지 않을지 모른다.

"**정**말 9 · 17이 없었으면 좋겠다고 생각했어요."
20여 년간 아시아를 비롯해 세계 100여 개 항구를 순회하
며 평화를 외쳐 온 일본 비정부기구(NGO) 단체 '피스보트'에서 기
획을 맡고 있는 재일코리안 3세 금령하 씨는 "9 · 17 이후 1년이 생
애 가장 혹독한 해였다"면서 9 · 17이 정말 싫었다고 했다. 일본에
서 9 · 17이란 북-일 정상에 의한 평양선언을 뜻한다. 다른 한편으
로 이른바 '납치-핵 정국'의 시작, 재일동포 특히 조선적에 대한
매스컴의 일방적 매도와 폭력을 의미하기도 한다.

돌팔매질 당할 이야기?

직접적 피해 당사자인 20 · 30대 재일동포들과 이들의 친구가 되

어 함께 걱정과 위로를 건네주던 일본 젊은이들이 2003년 '9·17
한돌'을 맞아 무엇인가 돌파구를 만들어 보자고 머리를 맞대기 시
작했다. 어차피 부닥칠 것이라면 회피하지 말고 정정당당하게 맞서
보자며 의기투합한 것이다. 궁리 끝에 '평화와 공생'을 함께할 '친
구'가 되자는 의미에서, 917명의 재일동포, 일본인 그리고 한국을
비롯한 동아시아 사람들이 함께 'LIVE TOGETHER 어깨동무 友'
라는 글씨와 평화 마크를 촛불로 만들어 보기로 했다. 영어와 한글,
한자를 섞어, 모두가 어깨동무를 하고 친구가 될 수 있다는 평화의
메시지를 동아시아의 모든 이들에게 알리겠다는 취지에서였다.

금령하 씨는 "악의와 증오, 공격과 전쟁이 아닌 평화를 생각하고

'피스나우코리아저팬(PEACE NOW KOREA JAPAN)'은 '9·17 한돌'을 맞아 '어깨동무 友 Peace 마크'라
는 촛불 글씨쓰기 행사를 개최했다.

그것을 표현할 사람이 일본에 대체 얼마나 있는지 확인해 보고 싶었다"고 말했다. 9·17 이후 1년 동안 계속돼 온 일본 매스컴의 일방적 보도 태도를 감안하면 "한반도 북쪽 친구들하고 '어깨동무' 하자는 얘기를 일본에서 꺼낸다는 것은 그 자체만으로도 돌팔매질 당할 만한 이야기"라고 그는 말한다. 하지만 "돌을 맞더라도 한번 얼마나 모이는지 확인해 보고 싶었다"는 것이 그의 설명이다.

917명의 참석을 목표로 한 2003년 9월 17일 밤. 도쿄 도심 메이지 공원엔 700명이 넘는 사람들이 모여 함께 촛불을 들었다. 실제 예상보다 훨씬 많은 수였다. 메이지 공원에 함께 산책 나온 연인들, 퇴근길을 서두르던 이들도 모두 같이 촛불을 들고 참여했다. 단지 홍보가 부족했을 뿐, 더 많은 사람이 참여할 수 있었다는 것, 그리고 보통의 일본 사람들 역시 평화를 사랑하고 동아시아의 친구가 될 마음이 차디찬 매스컴의 얼음장 밑으로 계속 흐르고 있었다는 것을 확인하는 순간이었다.

이번 행사에 참여한 단체는 '재일동포 청년연합(KEY)'과 '일·한 시민스퀘어', 그리고 총련 산하단체인 '재일본 조선청년동맹 도쿄본부', 일본인이 중심인 '피스보트'와 '찬스 포노포노(CHANCE!pono2)' 등 모두 8개였다. 이들이 모여 '피스나우코리아저팬(PEACE NOW KOREA JAPAN)'이란 모임을 만들었고, 이번 행사도 이 이름 아래 개최되었다. 주최자의 한 사람인 가나 도모코는 "부족한 홍보에도 이렇게 많은 사람들이 모여들 줄 몰랐다"면서 "일본 사람들 중에도 한반도 이북을 포함해 동아시아 사람들과 친구가 되고자 하는 사람이 많다는 것을 확인할 수 있었다"고 말했다. 그가 소속한 단체는 '찬스 포노포노'다. 2001년 9·11 테러를 계기로 만들어진 '찬스! 평화를 만드는 사람들의 네트워크'에서 생겨난 단체다. 주로 인터넷을 통해 알게 된 친구들이 테러와 전쟁을 평화를 만드는 찬스로 바꾸기 위해 활동하고 있다. '포노포노'란 태평양의 작은 섬에서 쓰는 말로 '올바른 방향으로 되돌리고 이끌어간다'는 뜻이다. 한마디로 9·17을 동아시아의 위기가 아니라 평화를 만들어 내는 기회로 바꾸어 보자는 것이라 할 수 있다.

촛불로 평화를 새기다

행사는 박보 밴드, 호시 노유카, 우리 파람 등의 공연에 이어, 강상중 도쿄대 교수를 비롯해 만화가 이시자카 게이 등의 짤막한 이야기 순으로 진행되었다. 다음은 이날 행사의 정점인 '촛불-사람 글씨(人文字)' 만들기. 정성껏 촛불을 밝혀 들고, 주위의 가로등도 모두 꺼진 채 30여 분의 시간이 흘렀다. 이웃한 건물 옥상에서 내려다본 메이지 공원엔 한글 '어깨동무'와 한자 '友(우)'의 글자가 선명하게 새겨졌다. '피스보트'의 공동대표인 구시부치 마리는 "동아시아의 비극은 어쩌면 당신은 한국인, 혹은 조선인, 아니면 당신은 일본인이라고 불리면서 시작되었는지 모른다"고 말했다. "국가의 관점에서 생각하는 한 동아시아의 비극은 결코 끝나지 않을 것"이라고 그는 설명한다. 함께 이번 행사를 주관한 사람들은 그래서 "서로 어려울 때 서로 돕고 나누는 '동아시아 시민 혹은 주민'이 되어야 한다"고 주장했다. 그들은 피스나우코리아저팬 이름으로 북한 방문단을 꾸린다고도 했다. 함께 북한 방문단에 참여하겠다는 히다카 에쓰로는 "상대방의 땅에서 자기가 있는 곳을 바라볼 수 있어야 비로소 동아시아의 친구, 동아시아의 평화가 가능한 것 아니겠느냐"고 말했다.

700여 명의 재일동포, 일본인 등이 모여 촛불로 영어, 한글, 일본어를 섞어 만든 평화의 메시지 'LIVE TOGETHER 어깨동무 友 Peace 마크'.

포클의 노래 「임진강」과 시네콰논의 영화 「박치기」

일본밴드가 부른 「임진강」, 영화 「박치기」로 재탄생

명필름의 심재명 사장은 2002년 5월 9일 일본 「아사히신문」과의 인터뷰에서, 영화 「공동경비구역 JSA」가 홍콩에서와 달리 일본에서 히트를 칠 수 있었던 것은 일본 관객들이 남북분단 현실을 잘 이해하고 있었기 때문이라고 했다. 일본은 한국에서 가장 가까운 나라기 때문에, 우리 민족의 비극을 공감하는 이들이 많은 것 같다고도 했다. 그렇다. 하지만 단지 가까운 나라라는 이유만으로 많은 일본 사람들이 남북분단의 비극에 공감한 것일까.

담 너머에서 들리는 노랫소리에 넋을 잃어

2002년 일본에서는 한반도의 통일을 노래했다가 발매 중지된 곡이 34년 만에 씨디(CD)로 재발매되었다. 지극한 정성을 보더라도

「임진강」을 부른 그룹 포클의 전성기였던 1968년 모습. 「돌아온 술꾼」이란 곡이 대히트를 쳤다.

남북분단에의 공감이 단순한 우연이 아님을 알 수 있게 한다. 30여 년의 세월을 거쳐 이번에 다시 햇빛을 보게 된 곡은 남북분단의 비극과 한반도 통일의 염원을 노래한 「임진강」. 1968년 레코드 싱글 앨범으로 발매하려고 했지만, 정치적 문제의 불씨가 될지 모른다는 판단에서 발매 직전 중지 조치가 내려진 곡이다.

이번에 재발매된 「임진강」을 부른 그룹은 1968년 당시 '일본의 비틀스'라고까지 불린 대학생 3인조 포크송 그룹 '더 포크 크루세이더스(the Folk Crusaders · 포클)'다. 십자군 전사나 개혁운동가라는 의미를 내포하고 있다.

이들 그룹에게 이 곡을 처음 소개한 사람은 일본어 가사를 쓴 마쓰야마 다케시. 그가 중학교 시절, 재일교포 학생들과 일본인 학생들이 날마다 패싸움만 하는 것이 안타까워서, 싸움 대신 축구시합을 해 보는 게 어떻겠느냐는 제안을 하러 교토 은각사 부근에 있는 교포 학교에 갔다가 이 곡을 처음 들었다고 한다. 축구시합 제안에 대해 오케이 사인을 받아 가지고 나오는 중에, 교포 학교 담 너머 몇몇 여학생들이 부르던 「임진강」 노랫소리에 그는 그만 넋을 잃고 빠져들었다고 한다.

당시 학교 밴드부였던 그는 곧바로 트럼펫을 들고, 늘 연습하던 긴 다리 위에 올라 그 곡을 불어 보았지만 그대로 재현하기엔 역부족. 그때 영화 같은 일이 일어난다. 같은 다리 반대편에서 색소폰을 연주하던 재일교포 학생을 만나게 되는데, 그 역시 연습할 장소를 찾아온 교포학교 학생이었다. 마쓰야마는 그 학생에게서 「임진강」의 곡과 가사를 전해 받았다.

「임진강」은 마쓰야마를 통해 그의 친구인 포클의 가토에게 전달되었다. 그룹 포클은 그 곡이 신민요쯤 된다고 생각해 원래의 작사자나 작곡자에 관해 신경쓰지 않은 채 그냥 레코드화하려고 했는데 문제가 생기고 말았다. 총련 쪽에서 원곡 「림진강」의 작사자와 작곡자가 엄연히 있는데, 이를 명기하지 않고 그냥 레코드화하는 것에 대해 이의를 제기했기 때문이다. 결국 음반을 발매하려던 도시바 레코드사는 이 문제가 정치적인 문제로까지 번질 것을 우려한 나머지 그만 발매 중지 조치를 내리고 말았다.

원곡 「림진강」은 1953년경 북한에서 만들어졌다. 이 곡을 작사한 이는 1920 · 30년대 무렵 『산제비』 등의 시집을 낸 바 있는 카프 시인 박세영이다. 한국전쟁 직후에 만든 곡이라 그룹 포클이 부른 노래보다 내용이 훨씬 거칠다. 가사 1절은 그룹 포클의 가사와 거의 차이가 없지만, 2절로 넘어가면 곡은 갑자기 선전문구화하고 만다. 아름답고 서정적으로 분단의 슬픔을 노래하던 1절도 끝부분에 이르면 역시 거칠다.

"임진강 맑은 물은 남북을 오가며 흘러들고, 물새들 역시 남과 북을 자유로이 넘나들지만, 사람들은 어이하여 가고파도 못 가는지"를 노래하던 곡은 "림진강 흐름아 원한 싣고 흐르느냐"로 끝을 맺는다. 하지만 포클판은 "임진강이여 하늘 저 멀리 무지개를 걸어 주렴. 임진강 맑은 물 잘도 흐르누나"로 바뀌었다. '원한'을 임진강에 흘려보내는 대신, '무지개'를 임진강에게 걸어 달라고 부탁한 것이

(왼쪽) 포클의 새 씨디 재킷. 평화를 기원하는 임진강 강물이 남과 북뿐만 아니라 전 세계에 흘러들기를 바란다는 의미를 담고 있다. (오른쪽) 북한 가곡 「림진강」을 부른 조청미의 독창곡집 재킷 사진.

다. 곡도 차이가 난다. 조청미 독창곡집에 실린 곡은 장중한 가곡풍이지만, 포클판 「임진강」은 아주 경쾌한 포크 계열의 곡이라서 당시 젊은이들의 취향에 잘 맞았던 것 같다.

「임진강」은 결국 발매 중지되었음에도 끊임없이 콘서트 등에서 불렸다. 미야코 하루미를 비롯해 일본에서 지금도 여전히 인기를 끌고 있는 그룹 서전 올스타즈의 구와타 게이스케, 오키나와 가수 릿키 등이 꾸준히 불러온 것이다. 1988년에는 후지텔레비전의 '방송금지가요' 프로에서 특집으로 다뤄지기도 했는데, 1998년에 와서 방송금지에서 해금되었다. 2001년 말엔 가수 김연자 씨가 일본 가요홍백전에서 한·일 월드컵의 성공을 기원하면서 요시오카 오사무 씨 버전의 「임진강」을 부르기도 했다.

68년의 메시지, 변한 것은 없다

야후 저팬으로 검색하면 600개가 넘는 임진강 관련 사이트들이 있다. 이런 열화와 같은 팬들의 CD 발매 요구에 부응해 아겐토 콘시피오 레코드사는 어려운 저작권 문제를 해결하고, 마침내 2002년 봄 포클의 68년도판 「임진강」을 CD로 재발매하였다.

그룹 포클은 가토 와히코, 기타무라 오사무, 하시다 노리히코 3명으로 구성된 대학생 포크송 그룹이다. 활동 기간은 1968년 단 1년 뿐이었다. 아마추어 시절 졸업 기념으로 자비 제작한 음반 '하렌치'에 수록된 「돌아온 술꾼」이란 곡이 대히트를 하자 이를 메이저 레코드사에서 상업 음반화했는데, 1972년이 되어서야 싱글 음반 판매 1 위 자리를 내줄 정도로 당시 인기는 엄청났다.

「돌아온 술꾼」에 이어 발매될 예정이던 두 번째 싱글 앨범 임진강이 발매 중지되자 당시 팬들 사이에서는 포클의 또 다른 곡인 「슬퍼서 참을 수 없다」는 곡이 포클의 가토가 자포자기 심정으로 「임진강」 테이프를 역회전해 그 선율을 토대로 만든 곡이란 소문까지 나돌 정도였다.

월남전 반대와 자유를 노래한 포크송들이 크게 유행한 1968년의 일본. 「임진강」이란 노래도 그 같은 당시의 평화와 희망의 메시지를 담은 곡이라 할 수 있다. 발매 중지에서 재발매되기까지 무려 30여 년의 세월이 흘렀지만, 한반도의 분단 상태는 그다지 변한 것이 없다. 평화와 희망을 노래한 당시의 메시지가 아직도 유효하다는 사실에 마음이 무거워진다.

영화 「박치기」로 다시 태어난 노래 「임진강」

2002년 5월 '포클'의 노래 「임진강」을 위의 글을 통해 소개했는데, 그로부터 이삼 년이 지나 이를 토대로 영화 「박치기」가 만들어졌다는 뉴스를 들었다. 무척 반갑고 또 고마웠다. 그룹 '포클'에게 처음으로 「임진강」을 소개한 마쓰야마 다케시는 자신이 겪은 노래 「임진강」의 이야기를 소설 형식으로 묶어 냈고, 그 소설을 토대로 이즈츠 가즈유키 감독이 영화로 만들어 낸 것이다.

영화 「박치기」는 키네마 준보, 마이니치 영화 콩쿠르, 블루리본 등에서 2005년 영화 가운데 가장 주목받는 영화로 지목되었으며, 그해 각종 영화상에서 작품상과 감독상을 휩쓸었다.

영화가 주목을 끈 이유는, 불필요하게 심각한 포즈를 강조하지 않고, 고등학생들의 러브로망 혹은 액션 엔터테인먼트로 만들었다는 데

포클에게 「임진강」 노래 내용을 일러준 마쓰야마 다케시 씨.

있을 것이다. 심각한 대목일수록 관객들이 더욱 폭소를 터트리는 '아이러니'야말로 이 영화가 갖는 최대의 덕목이 아닐까 싶다.

하지만 이 영화가 주목을 받게 된 가장 큰 이유는 무엇보다도 '경계'를 흐르는 '강'에 관한 모티브 때문일 것이다. 노래 「임진강」이 남과 북의 '경계'를 흐르는 강으로 묘사되었다면, 영화 「박치기」 속의 '임진강'은 재일조선인과 일본인 사이의 경계를 흐르는 강으로 설정되었기 때문이다.

교토 외곽을 흐르는 가모가와(鴨川)는 한편으론 교토 조선고급학교 학생과 일본인 학생 사이의 반복되는 싸움을 상징하는 '경계선'이지만, 다른 한편 노래 「임진강」을 연주하는 재일조선인 여고생과

그 선율에 반한 일본인 고등학생을 연결시켜 주는 '매개자' 구실을 한다. '대립'과 '화해'의 장이라는 '경계선'이 갖는 특유의 이중성을 영화「박치기」는 잘 담아낸 셈이다.

재일조선인과 일본인 사이의 '경계선'으로 그려진 교토의 '가모가와'는 일찍이 시인 정지용의 시에서도 그려진 바 있듯이, 재일조선인에게는 젖줄과도 같은 무척이나 정겨운 강이라 할 수 있다. 실제로 '가모가와' 인근에는 '히가시9조(東9条)'라 하여, 옛 천황 거주지(1条 부근)로부터 가장 멀고(9条) 가장 변두리(범람하는 강가)에 '조선인 부락'이 위치했었는데, 일본인 천민부락(백정 등 일본에서의 차별계층 부락) 역시 그 옆에 나란히 존재했었다. 영화는 '가모가와'를 둘러싼 힘겹고 슬픈 교토 재일조선인의 역사를 배경으로 '갈등'과 '화해'의 경계를 넘나들고 있다.

하지만 영상적 측면에서 영화는 그다지 성공을 거두었다고 보긴 힘들 것 같다. 수학여행 온 일본인 고등학생의 버스를 조선학교 학생들이 뒤집어엎는 등 계속해서 반복되는 패싸움 장면은, 영상과 내러티브 측면에서 그다지 설득력을 확보하지 못한 것으로 보인다 (당대를 그렇게 살아온 재일조선인들에겐 달리 특별히 설득력 있는 내러티브가 불필요할 터이지만). 일본 학생들은 조선학교 학생들을 이지메하고, 조선학교 학생들은 이에 맞서 처절한 복수극을 벌이며, 극소수의 일본 학생은 조선학교 학생들에게 화해의 메시지를 보낸다는 식의 판에 박힌 이분법적 내러티브 구성 방식을 영화는 취하고 있다.

영화 「박치기」에서 「임진강」을 연주하는 재일조선인 여학생과 일본인 남학생.

일본 학생들의 횡포에 반발해 수학여행 온 학생들의 버스를 뒤집는 조선학교 학생들.

경계의 강을 건넌다는 설정도 내러티브가 갖는 설득력을 충분히 확보하고 있지 못한데다, 눈물과 액션, 촬영과 편집 등 곳곳에서 한 박자씩 어긋나 있는 것 같았다. 재일조선인과 일본인의 조화되기 힘든 상황을 '비틀린' 촬영과 편집을 통해 영화 속에 녹아 내리는 의도인 듯했지만, 어딘지 부자연스러운 느낌을 지울 수 없었다. 계속되는 포클의 노래 「임진강」 역시 지나칠 정도로 자주 반복됨으로써 영상적 요소를 오히려 약화시키고 있는 것 같아 무척이나 안타까웠다. 「달은 어디에 떠 있는가」를 기획했던 '씨네콰논'에 대한 기대가 너무 컸기 때문이었는지 모른다는 생각이 든다.

하지만 많은 사람들은 일본인과 재일조선인의 경계를 넘나드는 영화에 박수갈채를 보냈고, 현재 영화 「박치기 2」가 기획 단계에 있다고 한다. 박정희 군사정권 시절의 고등학교 모습을 그린 「말죽거리 잔혹사」처럼, 지난 '조선학교' 시절의 재일조선인과 일본인의 풍경을 회상할 수 있게 해 줄 영화에 그만큼 목말랐기 때문일지 모른다. 재일코리안과 일본인 사이를 심각한 포즈 대신 싸한 어떤 웃음으로 그려 낼 수 있다는 것은, 둘 사이에 놓인 '임진강'이 예전보다 훨씬 얕아졌음을 의미하는 것일 게다.

06 이수현을 추모하는 보통의 일본 사람들
그들과 함께 꿈꾸는 '평화의 연대'

"**당**신의 26년의 삶은 500년을 산 사람보다 더 깁니다."(이누카이) "구세주 같은 분입니다. 우리 모두의 마음에 새길 것입니다."(이마노) "같은 또래의 아들, 딸을 두고 있기에 다른 사람의 일이라고는 생각되지 않습니다. 가슴이 아픕니다."(스즈키, 사이타마현의 시오타 등).

일본 도쿄 신오쿠보역에서 한 일본인을 구하려다 숨진 이수현 씨를 추모하는 이 글들은, 일본에서의 장례식과 추도식을 마련해 주었던 아카몬카이 일본어학교에서 펴낸 「이수현 군의 용기를 격려하는 추도문집」의 일부이다. 문집에는 그동안 일본 각지에서 보내온 조문 편지와 팩스 등이 한데 묶여 있다. 대부분 40~50대 이상, 부모의 심정에서 쓴 글이 많다. 하지만 비슷한 또래 젊은이들, 혹은 일가족 모두의 명의로 쓴 글도 눈에 띈다.

カメラマンの関根 史郎氏、韓国人
留学生の李 秀賢氏は、2001年1月26日
午後7時15分頃、新大久保駅において
線路上に転落した男性を発見し、自らの
身の危険を顧みず救助しようと敢然と
線路に飛び降り、尊い命を落とされ
ました。
　両氏の崇高な精神と勇敢な行為を
永遠にたたえ、ここに記します。

東日本旅客鉄道株式会社

한국인 유학생 이 수현씨, 카메라맨
세키네 시로씨는 2001년 1월 26일
오후 7시 15분경, 신오오쿠보역에서
선로에 떨어진 사람을 발견하고 자신
들의 위험을 무릅쓴 채 용감히 선로에
뛰어들어 인명을 구하려다 고귀한 목숨
을 바쳤습니다.
　두 분의 숭고한 정신과 용감한 행동을
영원히 기리고자 여기에 이 글을 남깁니다.

동일본 여객철도 주식회사

일본 도쿄 신오쿠보역에 마련된 애도문. 이곳은 매년 1월 26일을 전후해 이름 없는 꽃다발들로 뒤덮이곤 한다.

　총련계 나고야 조선초급학교 학생들은 전보를 보내오기도 했다. "이수현 형님의 용감한 모습에 감동했어요. 고이고이 잠드세요." 우리글의 발음 하나하나를 가타카나 표기로 해서 보내온 이 글은, 아름다운 희생이 남북 이데올로기보다 앞선 것임을 일러준다.

　이수현 씨의 죽음을 기리는 추모 행사도 이어졌다. 재일코리안 바이올리니스트 정찬우 씨는 이수현 씨의 소식을 듣고 5일 뒤 신오쿠보역 구내로 달려가 가곡 「가고파」 등을 연주했다. 그는 그해 3월 2일 도쿄 아카사카 산토리홀에서 추도 콘서트를 열기도 했다. 신오쿠보역에는 고 이수현 씨를 기리는 동판이 새겨졌고, 매년 1월 26일을 전후해서는 동판 주위에 늘 이름 모를 꽃들이 가득하다. 일본인과 재일코리안이 함께 주최하는 '이수현을 기리는 추도 모임' 역시 해를 거듭하면서 점점 더 커져 가고 있다.

그를 기억하는 힘은 대체 어디에 연유하는 것일까. '대립과 반목'의 대상으로서의 '국민'이 아닌, '화해와 평화'의 주체로서의 '인간'에 대한 열망 같은 것은 아닐까. '일본 국민'에 대한 대립항으로서의 '한국 국민'이 아닌, '평화와 공생의 동아시아인'으로서 이수현 씨를 기억하고 있기 때문일지 모른다.

신주쿠 방면 뒤쪽에서 33미터를 지나 50미터 지점에 이르는 17미터 마의 플랫폼. 철로 옆으로는 높이 1미터짜리 철책이 있고, 플랫폼 발밑의 대피 공간조차 막혀 있던 그곳에서 어찌할 수 없는 마지막 순간을 맞이했을 고 이수현 씨. 도쿄 신오쿠보역에서 철로에 떨어진 일본인을 구하다 죽은 고 이수현 씨의 어떤 '힘' 같은 것이 나에게 이 글을 쓰게 하는 것 같다.

무엇이 진정 일본을 '반성'하게 하는가

나는 2004년 1월에 있었던 이수현 추모 3주기 행사에서 일본의 경제평론가 다케우치 히로시가 했던 추모사를 기억하고 있다. 그는 "고 이수현 씨의 행동이 일본 사회에 준 충격은 무엇인가"라고 물은 뒤, "그것은 그의 행동이 일본 사회와 일본인을 반성하게 했다는 점"이라고 대답했다. 여기서 주목해야 할 단어는 '반성'이다. 이수현은 일본인을 '반성'하게 했다. 해방 이후 무수히 많은 세월이 지났지만 정말이지 일본인들이 자신을 돌아보고 반성하게 된 적이 얼마나 있었을까.

그 '반성'은 물론 거창한 일본의 정치가나 지도자들만의 것은 아니다. 이수현 씨가 죽은 지 얼마 안 되었을 때의 일이다. 나고야에서 한 일본인이 고등학생을 구하기 위해 열차 도착 방송이 나온 상황에서도 선로로 뛰어들어 그 학생을 구해 낸 사건이 있었다. 사건 직후 그는 "사고가 난 순간 신오쿠보역에서의 사고가 머리를 스쳤고, 그래서 용기를 낼 수 있었다"고 말했다. 이기주의를 '반성'하는 힘, 다른 사람을 위해 자기를 던질 수 있는 '용기'를 고 이수현 씨는 보통의 일본 사람들에게 준 것이다.

정말이지 한국이 일본 사람의 진정한 '반성'을 촉구하고, 일본인들에게 자기 자신이 아닌 다른 사람을 위해 희생할 수 있는 '용기'를 요구하고 싶다면, 나는 지금 한국에 고 이수현 씨의 정신이 필요하다는 이야기를 하고 싶다. 일본을 향해 규탄의 목소리를 높인다고 해서 과연 일본이 진정한 '반성'을 할 수 있을까. 한국을 향해 열어 가던 마음조차 오히려 닫아 버릴 성싶다. 최근 일본 텔레비전에서는 한국 사람들이 독도 문제와 관련하여 허수아비와 일장기를 태우는 모습이 여과 없이 장시간 방영되고 있다. 한류 붐을 통해 한국에 대한 관심이 한껏 고조된 보통의 일본 사람들은 의아하면서도 경계하는 눈초리로 텔레비전을 지켜보기 시작했다. 그런데 분명한 것은, 이것만으로도 독도 문제를 일본 전 국민의 문제로 확대시키고자 했던 시마네현 몇몇 사람들의 목표가 달성됐다는 사실이다.

신오쿠보역 철로 모습.

아무런 대응을 하지 않았다면 시마네현 몇몇 사람들의 해프닝으로 끝나고 말았을 것을, 일본 전 매스컴이 주목하고 일본의 모든 사람들에게 경계심을 불러일으키는 사안이 되고 만 것이다.

나는 묻고 싶다. 대체 일본에 평화보다 전쟁을 좋아하는 사람이 얼마나 된다고 생각하는지. 분명한 것은 일본에서 살아가는 사람들 가운데 전쟁보다 평화를 사랑하는 사람이 더 많다는 사실이다. 아니 전쟁을 좋아하는 사람은 1천 명 혹은 1만 명에 지나지 않을지도 모른다. 나는 일본 텔레비전에 장시간 방영된 한국의 규탄 모습을 지켜보면서, 평화보다 전쟁을 더 좋아하는 사람들 앞에 9999만 명의 일본인을 줄세우고 있다는 느낌을 지울 수 없었다. 배용준과 원빈의 미소를 사랑하는 보통의 일본 사람들을 전쟁주의자의 발밑으로 떠밀고 있는 것 같았다.

우리가 문제 삼아야 하는 것은 일본의 소수 전쟁주의자일 뿐, 보통의 일본 사람들이 아니다. 우리에겐 이들을 구분할 줄 아는 지혜가 필요하다. 한국과 일본을 포함한 다수의 동아시아인들, 평화와 공존을 더 사랑하는 동아시아인들의 바다에 그 전쟁주의자들을 포위·고립시켜 고독한 섬으로 만들어 버려야 하지 않을까.

'평화 교류'의 힘으로 막아낸 '반평화적 교과서' 채택

나는 일본을 향해 규탄의 목소리를 높이는 사람들에게 지금의 한국을 다시 한 번 살펴보라고 이야기하고 싶다. 삼성전자의 순이익이 소니를 비롯한 일본 내 전자회사 톱10의 순이익을 합친 것과 같고, 정치는 다른 어느 나라에 견주어도 뒤떨어지지 않을 민주화의 과정을 거쳤으며, 문화 역시 아시아에 '한류'라는 바람을 불러일으키는 나라가 되지 않았는가. 그런 나라라면 이젠 아시아의 리더답게 통 크게 나와야 하지 않을까. 굶주린 사람들이 넘쳐나고, 신문물을 배우기 위해 현해탄을 건너 도쿄 유학을 떠나던 100년 전의 조선이 아니다.

성숙하고 통 큰 코리아의 목소리란 어떤 것일까. 이를테면 시마네현에 사는 일본 어부들의 생계가 문제라면, 그들을 독도까지가 아니라 자매관계를 맺고 있는 경상북도 앞바다까지 와서 조업을 하게 하고, 자매 자치단체인 경상북도 어부들 역시 시마네현 앞바다까지 가서 고기를 잡을 수 있게 하면 어떨까. 함께 웃으며 고기를 낚고, 함께 살아가는 세상을 만들어 보면 어떨까. 경상북도와 시마네현의 바다에 '평화의 배'를 띄우고, 그들 사이에 있는 외로운 섬을 '평화의 섬'이라고 부르면 어떨까. 그건 정말 꿈에 불과한 것일까.

시마네현 의원들 역시 시마네현에 사는 보통의 일본 주민들의 투표에 따라 결정된다. 시마네현에 사는 보통의 일본 사람들을 믿고 그들과 함께 평화와 공존의 메시지를 만들어 내, 대립과 갈등의 길을 선택한 시마네현 의원들을 심판하게 할 순 없을까. 경상북도의 시민단체는 시마네현과의 관계 단절을 선포할 것이 아니라, 평화를 사랑하는 대다수 현민들과 더욱 왕성하게 교류를 해 나가야 하지 않을까. 역사 교과서 문제만 해도 그렇다. 몇 년 전 '새로운 역사 교과서' 채택을 둘러싸고 역시 화형식과 규탄대회가 열리고, 교류 단절 선포식이 줄을 이었다. 하지만 '새로운 역사 교과서' 채택을 최소한의 퍼센트로 막아 낼 수 있었던 것은 한-일 간의 민간 교류, 평화 교류를 강화한 덕택이었다. 한-일 민간 교류를 통해 일본 학생들이 한국을 방문하고 역사 체험을 하도록 한 것 등이 일본의 새로운 역사 교과서 채택을 막아낼 수 있었음에 틀림없다.

고 이수현 씨의 죽음, 이제 한국이 생각할 차례

전쟁주의자들은 일본에도 있고 한국에도 있다. 소리 높여 그들을 규탄하는 것이 능사가 아니다. 그들의 목소리를 어떻게 최소화할 것인가 하는 점이 중요하다. 이를 위해서는 한국과 일본의 시민단체가 어떻게 결합하고 어떻게 평화와 우정의 목소리를 만들어 낼지 서로 지혜를 모아야 한다. 목소리 높인 규탄대회는 보통 시민들을 불안하게 하고, 전쟁주의자의 재무장 주장에 동조하게 만들 뿐이다.

우리는 끊임없이 다수의 보통 사람들을 믿어야 한다. 그것만이 오늘날의 대립과 반목과 전쟁을 넘어서는 유일한 힘이다. 우리는 '추운 바람이 아니라 따뜻한 햇볕이 두꺼운 옷을 벗게 한다'는 진리를 믿고 있고, 그것을 실천해 가는 사람들이다. 우리는 보통의 일본 사람들에게도 동일한 진리가 통할 수 있음을 믿고 역시 실천해 나가야 한다.

고 이수현 씨의 죽음은 일본인들에게 자기 자신과 주위를 돌아보게 하는 자성의 힘 그 자체였다. 이제 우리는 고 이수현 씨를 통해 우리 자신을 돌아봐야 한다. '추운 바람'이 아닌 '따뜻한 햇볕'이야말로 모두를 껴안는 힘이 됨을 생각하며.

07 분쟁의 동아시아 바다를 평화와 공생의 바다로

동아시아의 새로운 시대를 열기 위한 인식의 전환

1. 들어가는 말

몇 년 전, 일본 동북지방 서쪽 바닷가에 있는 대학에 매주 강의를 나갔던 적이 있다. 도쿄에서 살고 있었기 때문에 비행기로 갈 때도 있었지만 기차를 타고 갈 때도 많았다. 신칸센을 타고 니가타(新潟) 까지 간 다음, 특급열차를 타고 2시간 정도 해변을 따라 달려간 곳에 대학은 위치해 있었다. 돌아오는 차창 밖 바다 너머로 지는 석양이 무척 아름답다고 늘 생각했다. 그런데 해가 지는 그 바닷가를 일본 사람들은 '일본해'로, 한국 사람들은 '동해'로 부른다. 하지만 "보라, 동해에 떠오르는 태양…"으로 시작하는 노래 가사가 그렇듯이 '동해'란 늘 '해가 뜨는 곳'이었기 때문에, 해가 지는 그때의 바다를 '동해'라 부르기엔 왠지 좀 어색한 느낌이었다. 그렇다고 한국에 붙은 바다를 두고, 이웃나라와 맞붙어 있다고 해서 이웃나라 이름을 붙이는 것도 뭔가 말이 안 되는 것 같았다.

그것이 '동해'든 '일본해'든 바다는 한 바다이다. 단지 그 바다를 어디에서 바라보느냐에 따라 서로 다른 이름을 붙였을 뿐이다. '센카쿠 제도' 역시 비슷하다. 흔히 '센카쿠 열도'는 일본식 이름이고, 중국식 명칭은 '댜오위다오(釣魚島)'라고 알고 있지만, 사실 일본식 명칭 '센카쿠 제도' 가운데 가장 큰 섬의 명칭은 '우오쓰리지마(魚釣島)'이다. '댜오위다오(釣魚島)'와 한자의 앞뒤만이 바뀌었을 뿐이다. 이는 동사를 목적어 앞에 두는 중국식 어법과, 목적어 뒤에 두는 일본식 어법상의 차이에 불과하다. 동해도 일본해도, 센카쿠와 댜오위다오도 단지 어디서 바라볼 것인가 하는 점만이 다를 뿐, 근본적으로 차이가 나는 것이 아니다. '타자'의 관점에 서서 자기 자신을 바라보는 것만으로도 문제의 반은 해결될 수 있을지 모른다.

오히려 문제는 '이름' 속에 감추어진 '소유욕'일 것이다. 늘 '이름' 뒤에 '소유'를 향한 욕망을 감추어 둔 채 분쟁이 있을 때마다 으레 꺼내 놓는 단어가 '원래'라는 수식어다. '댜오위다오'는 '원래' 중국 땅이었다거나, '북방 4개 섬'은 '원래' 일본 땅이었다는 식으로, 동아시아 바다 위에 떠 있는 섬들의 '영유권'을 주장할 때면 늘 '원래'라는 수식어를 동원해 왔다. 하지만 이들 섬이 '원래'부터 분쟁의 주체인 각 근대국가의 '소유'였을까.

이 글은 먼저 '영유권' 문제를 놓고 논란이 일고 있는 동아시아 바다 위 섬들의 '원래' 소유자들에 대해 살펴볼 계획이다. 문제가 되고 있는 섬들을 북쪽에서부터 훑어 내려가 보면, 오호츠크해 상의 '북방 4개 섬(쿠릴 열도 남부)', 동해(일본해) 상의 '독도(竹島)', 동중국해 상의 '센카쿠(댜오위다오) 제도' 등은 '원래' 그것이 자신들의 영토라고 주장하는 근대국가 그 어느 쪽의 땅도 아니다. 이들의 '원래' 주인은 근대국가들의 틈바구니에서 늘 희생되어 온 '변방 사람들'이다.

이 글에서는 원래의 주인인 '변방' 사람들을 중심으로 분쟁의 동아시아 바다를 새롭게 살펴보고, 그 바다를 어떻게 '갈등과 대립'의 바다에서 '평화와 공생'의 바다로 만들어 갈지에 대해 모색해 보고자 한다. 아직도 미완인 근대국가를 보다 잘 완성시키는 것 역시 물론 중요하다. 하지만 우리의 삶은 이미 한 국가만으로는 살아갈 수 없는 지역 단위의 공동체에 서로의 운명을 걸어야 하는 처지라고할 수 있다. 따라서 '변방'의 동아시아 바다는 위기이자, '평화와 공생'을 모색할 기회의 공간이기도 하다. '변방'의 바다를 평화와 공생의 '중심'에 놓기 위한 기획의 '전환'이 필요한 때이다.

2. 북방 영토(쿠릴 열도)에 대하여

러시아와 일본이 영토 분쟁을 일으키고 있는 이른바 '북방 영토' 문제를 잘 들여다보면, 근대국가의 '국경'이 어떻게 만들어졌는지 알 수 있다. '국가' 간 무력 충돌에 의해 근대국가의 '국경'은 만들어졌다. 그 와중에서 국경 주변의 '사람'들은 아무튼 어느 한쪽의 '국민'으로든 편입될 수밖에 없었다. 그들이 '국민'으로 편입되는

지도1 북방 4개 섬이 포함된 쿠릴 열도와 남사할린의 일본식
　　　이름들.

과정이란 그 자체가 엄청난 고통과 희생의 연속이었음이 분명하다.

'북방 영토'*란 일본 홋카이도(北海道)와 러시아의 연해주 및 캄차카반도 사이의 섬들, 즉 사할린(樺太·가라후토)과 쿠릴(千島·치시마) 열도를 말한다. 이 가운데 현재 문제가 되고 있는 것은 구나시리 섬(国後島), 에도로프 섬(択捉島), 시코탄 섬(色丹島), 하보마이 섬(歯舞諸島) 등 쿠릴 열도의 4개 섬이다(지도 1). 현재 이들 섬은 모두 러시아 영토에 속해 있다. 1945년 일본의 패전과 함께 소련은 남부 사할린과 쿠릴 열도를 공격해 현재 문제가 되고 있는 4개 섬을 포함해 사할린과 쿠릴 열도 모두를 러시아(구 소련)의 영토로 만들었다. '원래 일본의 영토'였던 북방 4개 섬을 러시아가 강제로 침공해 빼앗았으니, 이를 반환할 책임이 러시아에게 있다는 것이 일본 쪽의 주장이다. 1945년 이후 상황만을 염두에 둔 발언이다.

* '북방 영토'란 러시아 '캄차카반도'에서 보면 '남방' 쪽 영토이고, '한국' 쪽에서 보면 '동북방' 영토이다. 동해와 일본해도 그렇지만 지명은 자신을 호명하는 이들에게 끊임없이 정체성을 요구해 왔다. 하지만 이 글에선 '정체성'과는 무관하게, 단지 '일본의 북방'이란 뜻에서 '북방 영토'란 용어를 그대로 사용하고자 한다.

여기서 특히 문제가 되는 것은 '원래 일본의 영토'라는 대목이다. 과연 '원래부터' 쿠릴 열도의 4개 섬은 일본 땅이었을까. 이를 확인하기 위해선 1945년이 아닌, 1,300년 전의 홋카이도와 사할린, 쿠릴 열도에 대해 살펴볼 필요가 있다.

1,300년 전에도 그곳에는 사람이 살고 있었지만, 그렇다고 달리 국경이 정해져 있지는 않았다. 그들은 일본인도 러시아인도 아닌 '오호츠카 사람'들이었다. 당시 홋카이도에서는 '사츠몬(擦文) 문화'가, 사할린 남부와 쿠릴 열도, 홋카이도 오호츠크 해안에서는 '오호츠크 문화'가 번성하고 있었다.

오호츠카인은 홋카이도에서는 대략 10세기 무렵, 사할린에서는 12세기 무렵 자취를 감추게 된다. 한편 홋카이도를 중심으로 살아가고 있던 '사츠몬(擦文)인'의 후손인 '아이누'는 사할린 지역까지 영역을 넓혀, 홋카이도와 사할린 남부, 쿠릴 열도 등지에서 살아가게 되었다. 사할린의 북부에서는 '니부프'라는 사람들이 13세기 무렵 살고 있었는데, 이들 '니부프'의 선조가 '오호츠크인'이라는 설도 있다.

아이누를 '국경'의 이름으로 찢어 놓다 아무튼 '나라'를 가진 자들이 홋카이도와 사할린, 쿠릴 열도 등지로 쳐들어오기 시작한 13세기 초, '아이누'와 '니부프', 그리고 '월타'들은 나름의 문화를 발전시키면서 그곳에서 평화롭게 살고 있었다.

사할린 지역에 '나라'를 가진 자들이 쳐들어온 것은 '몽고제국' 사람들이 처음이었다. 아이누는 연해주와 사할린 사이에서 이들과 약 40여 년간 싸움을 계속 주고받았다. 몽고제국의 일부는 '원(元)' 으로 이름을 바꾸었고, 이후 연해주가 '청(淸)'에서 러시아로 그 주 인이 바뀔 때까지 사할린 아이누의 '족장' 및 '촌장'은 중국에 의해 임명되었으며, 그들은 중국에 조공을 바쳐 왔다(지도 2).

아이누들이 살고 있던 홋카이도에도 '나라'를 가진 자들이 쳐들어왔다. 12세기 말 일본 에도(江戶) 막부(幕府)의 마츠마에 번(松前藩) 무사들을 배경으로 한 상인들이 홋카이도에 침입해 들어가 아이누에게 가혹한 노동을 강요했던 것이다. 쿠릴 열도에도 1643년 '나라'를 가진 자들이 찾아왔는데, 그들은 포르투갈 사람들이었다. 포르투갈인 프리스는 자신이 처음으로 쿠릴 열도를 '발견했다'고 했지만, 그보다 훨씬 이전부터 아이누들은 줄곧 그곳에서 살고 있었다.

1697년에는 러시아인이 쿠릴 열도로 옮겨 왔고,

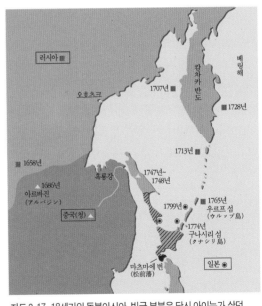

지도 2 17~18세기의 동북아시아. 빗금 부분은 당시 아이누가 살던 곳. 숫자는 3국이 각각 점령한 연도이다.

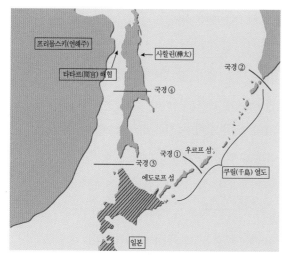

프리몰스키(연해주)

타타르(間宮) 해협

사할린(樺太)

국경 ②

국경 ④

국경 ①

우르프 섬

국경 ③

에도로프 섬

쿠릴(千島) 열도

일본

지도 3 18세기부터 20세기에 걸쳐 국경은 여러 번 바뀌어 왔다. 빗금 친 부분은 현재 일본 국민이 살고 있는 지역이다.

1765년에는 쿠릴 열도의 우르프 섬까지 진출하였다. 아이누는 러시아인과 아주 격렬하게 싸웠는데, 그 결과 1771년 쿠릴 열도의 에도로프 섬과 우르프 섬 사이에 '아이누'와 '러시아인' 사이의 '경계'가 확정되었다(지도 3의 국경 ①). 현재 일본이 주장하고 있는 이른바 북방 4개 섬의 국경을 위해 싸웠던 것은 '일본인'이 아니라 '아이누'였다.

일본인들 역시 아이누와 윌타, 니부프가 살고 있던 사할린과 쿠릴 열도를 탐험하기 시작했다. 이를테면 1798년 일본인 곤도(近藤重藏), 모가미(最上德內) 등은 에도로프 섬을 탐험한 뒤 그곳에 '대일본 에도로후(惠登呂府)'라는 팻말을 세웠고, 마미야(間宮林藏)와 마쓰다(松田伝十郎)는 연해주와 사할린 사이의 해협 등을 탐험한 뒤, 역시 '여기는 일본 땅'이라는 팻말을 세웠다. 후일 이들이 탐험한 해협은 마미야해협(間宮海峽)이라고 불리기도 했다. 하지만 그 해협을 건넌 것은 물론 그들이 처음이 아니다. 무수히 많은 아이누, 윌타 들이 그곳을 건너 다녔고, 13세기 초 원(元)제국은 그 해협을 건너 아이누가 살던 사할린으로 쳐들어온 바 있다.

19세기에 접어들면서 이 지역을 둘러싼 중국과 일본, 러시아의 쟁탈전은 더욱 가열되었다. 마치 19세기 말 한반도(조선반도)를 놓고 중국과 일본, 러시아가 각축을 벌였던 것과 비슷한 양상이었다. 이들 3국간의 쟁탈전에서 제일 먼저 탈락한 것은 19세기 중반 중국〔청(淸)〕쪽이었다. 중국이 내란과 외국과의 전쟁 등으로 국력이 약해진 틈을 타서, 러시아는 연해주 흑룡강 일대와 사할린을 지배하게 되었고, 사할린 남부를 지배하기 시작한 일본과 대립하기 시작했다.

1854년에 이르러 러시아와 일본은 중국을 제외시키고 '일러(러일)친선조약'을 맺게 되었는데, 쿠릴 열도의 경우 에도로프 섬 이남은 일본이, 우르프 섬 이북은 러시아가 각각 지배하되, 사할린에는 특별히 국경을 설정하지 않기로 했다(지도 3의 국경 ①). 이 같은 국경은 1875년 '사할린·쿠릴교환조약'에 의해 다시 조정되었다. 모든 사할린 영토는 러시아가, 모든 쿠릴 열도는 일본이 지배하는 것으로(지도 3의 국경 ②와 국경 ③) 새롭게 조약을 맺은 것이다. 전쟁을 통하지 않고 국경을 결정한 좀처럼 드문 조약이다.

하지만 이렇게 국경을 결정하는 과정에, 그곳에서 줄곧 살고 있던 아이누, 윌타, 니부프 들의 의견은 전혀 반영되지 않았다. 어느 날 갑자기 그들의 '국적'은 러시아로, 일본으로 결정되었다. 국가와 국가 간의 힘의 논리에 의해 '국경'이 결정되었고, 자신의 의사와는 전혀 무관하게 그들의 '국적'은 결정되었다.

국경과 국적이 결정된 뒤, 아이누의 운명은 소속된 '국가'에 의해 휘둘리기 시작했다. '쿠릴 열도'의 아이누들은 러시아에 의해 대륙으로 강제이주 되거나, 일본에 의해 시코탄(色丹島)으로 강제이주 되었다. 많은 '사할린'의 아이누들은 홋카이도 쓰이시카리(狩狩, 지금의 江別)로 강제이주 되기도 했는데, 그 가운데 40퍼센트에 달하는 아이누들은 콜레라와 천연두로 죽어 갔다. 1869년 이후 홋카이도와 쿠릴 열도에 '개척사'라는 공공기관이 생기자 많은 일본인들이 이주해 오기 시작했고, 이후 아이누들은 그 지역에서 소수자가 되어 갔다. 다수자가 된 일본인들은 아이누를 일본 국민으로 동화시키는 작업을 계속했으며, 특히 일본인 상인들은 아이누를 혹사시켰는데, 이로 인해 많은 아이누들이 죽어 갔다.

사할린과 쿠릴은 '변방인'들의 땅이다 러일(일러)전쟁은 1905년 일본군의 승리로 끝났다. 사할린에서는 일본군 14,000명이 러시아군 1,200명을 에워쌌다. 남사할린과 쿠릴 열도는 일본의 땅이 되었다(지도 3의 국경 ②와 국경 ④). 이 과정에서 남사할린의 많은 슬라브인들은 고향을 떠나 시베리아로 향했다. 일본군은 1918년부터 4년간 시베리아 침략을 감행하기도 했다. 러시아혁명을 간섭할 목적으로 영국, 프랑스, 미국 군대와 함께 일본은 12,000명의 군대를 시베리아에 파견하였다. 일본은 하바로브스크, 치타, 니콜라예프스크 등을 점령하였으며, 병력을 72,000명까지 늘려 시베리아 바이칼호 부근까지 진출하기도 했다.

1920년에 들어서자 미군과 영국군, 프랑스군 등은 시베리아에서 철수하기 시작했다. 하지만 일본군은 시베리아에 남아 있는 일본인을 지킨다는 명목으로 철수하지 않았다. 동맹군이 철수한 상태여서 일본군과 거류민 700여 명은 그해 2월 니콜라예프스크에서 끝내 러시아 파르티잔에 포위되었고 항복협정까지 맺었지만, 한 달 후인 3월 일본군은 그 협정을 깨고 다시 전투를 개시하였다. 결국 다시 패배하고 만 일본군과 일반인 122명은 러시아 파르티잔에게 전원 무참히 살해되고 말았다〔니항(尼港)사건〕.

1940년 이후 진행된 아시아·태평양전쟁의 결과 역시, '북방 영토'에 살던 일본인들에게는 무척 잔인한 것이었다. 일본이 패하기 직전에 열린 1945년 2월 '얄타회담'에서는 미국, 영국, 소련 대표가 모여, 소련이 일본과의 전쟁에 참여하는 것을 전제로, 남사할린과 쿠릴 열도를 소련의 영토로 한다는 협정을 맺었다. 소련은 실제로 1945년 8월 이후 남사할린과 쿠릴 열도의 일본군을 공격하기 시작했고, 이들 지역을 자신의 영토로 편입시키는 데 성공했다. 전쟁에서 패한 국민들이 대부분 그렇듯이 많은 일본인들이 소련군에 의해 무자비하게 살해되었고, 약탈 및 겁탈 등도 이뤄졌다. 남사할린 마오카(真岡)에서는 우체국 전화교환원이었던 젊은 여성 9명이 집단 자결을 하기도 했다. 미군이 진주하기 전에 집단 자결한 류큐(琉球) 히메유리의 여학생들을 떠올리게 하는 대목이다.

이처럼 무력에 의한 침략과 일본인들의 피해자 의식이, 북방 영토(4개 섬) 문제를 일본이 끊임없이 제기하는 배경 가운데 하나임에 틀림없다. 하지만 일본은 1918년 이른바 '시베리아 출병(침략)' 과정에서 벌어진 러시아인 학살과, 러일전쟁 과정에서 얻게 된 남부 사할린과 쿠릴 열도 내에서 살고 있던 러시아인들의 희생은 기억하지 않고 있다.

일본은 패전 직전에 있었던 '얄타회담'의 결정 사항 역시 일본이 참여하지 않은 비밀협정이기 때문에 인정할 수 없다고 주장하기도 한다. 하지만 일본 역시 미국, 영국, 프랑스 등과 비밀협정을 맺고, 1918년 '시베리아 출병(침략)'을 감행했던 역사를 가지고 있다.

여러 나라들이 군대를 이끌고 와 침략을 반복하는 과정에서 희생된 이들은 사할린과 쿠릴 열도에서 살고 있던 사람들이었다. 하지만 그곳을 침략한 자들은 지금도 여전히 그곳이 누구 땅인가를 가리는 데만 여념이 없다. 그곳은 정말로 '원래부터' 그 누구의 땅으로 정해져 있었던 것일까. 그곳은 '원래' 아이누와 윌타, 니부프, 그리고 그들의 선조인 '사츠몬(擦文)인'과 '오호츠크인'의 땅이었다. 하지만 그곳을 그들만의 땅이라고 해서도 안 된다. 그곳은 시베리아에서 이주해 온 슬라브 계통의 러시아인과, 혼슈(本州)에서 이주해 온 야마토 계열의 일본인, 원나라 시절부터 드나들던 중국인, 식민지 시기에 강제로 끌려온 조선인을 포함한 '변방인'들 모두의 땅임에 틀림없다.

아이누와 그들의 선조인 '사츠몬인'과 '오호츠크인'도 따지고 보면 아주 먼 옛날 아프리카로부터 이주해 와 그곳에 정착해 살고 있는 사람들이다. 모두들 단지 그곳 땅을 빌려서 살았을 뿐, '원래부터'란 말은 '처음부터' 성립될 수 없는 단어였다. 그들은 큰 힘을 가진 '국가'에 휘둘려 늘 강제로 끌려 다니고 희생되었을 뿐이다.

1956년 일소공동선언 이후 러시아는 경제 발전을 위해 시코탄(色丹島)과 하보마이(齒舞諸島)는 반환할 뜻을 비친 바 있다. 일본 역시 2001년 러시아 푸틴 대통령과 일본 모리 총리 사이에 2개 섬 반환 논의를 심도 깊게 진행시켰지만, 2002년 이른바 '스즈키 무네오 소동'을 거치면서, 2개 섬 반환이 아닌 4개 섬 일괄 반환 쪽으로 선회한 상태다.

하지만 이들 논의 역시 현재 그 섬에 살고 있는 사람들의 의사와는 전혀 무관하게 국가와 국가 단위에서 논의된 것일 뿐이다. 전쟁에 동원되거나 희생되거나 혹은 흥정의 대상이 될 뿐, 그들은 한 번도 '국민'으로서가 아니라 '사람'으로서 대접 받은 적이 없다. 아이누들은 지도 3의 '국경'이 바뀔 때마다, 늘 서로 다른 '국가'에 의해 스파이로 내몰렸으며, 강제로 끌려갔던 조선인들 역시 스파이로 몰리거나 시베리아 혹은 중앙아시아로 내몰렸다. 그곳에 살아남은 사람들 역시 허울 좋은 '국민'의 이름으로 몇 번씩이나 '국가'의 옷을 갈아입을 수밖에 없었다.

3. 센카쿠 제도(댜오위다오 제도)에 대하여

또 다른 영유권 다툼이 있는 곳은 남중국과 류큐(오키나와), 타이완으로 둘러싸인 동중국해상의 섬들이다. 동중국해에서는 현재 우오쓰리 섬(일본명=魚釣島, 중국명=댜오위다오 · 釣魚島)*과 주변 섬들(일본명=센카쿠 · 尖閣 제도)을 놓고 일본과 중국 · 타이완이 각각 영유권 다툼을 하고 있다.

센카쿠 제도란, 제일 큰 우오쓰리 섬(魚釣島; 다른 이름=魚釣台, 和平山, 화빙 섬; 류큐명=유쿤, 요콘 섬; 중국명=釣魚島; 타이완명=댜오위타이 · 釣魚臺)과, 구바 섬(久場島; 다른 이름=챠우

*이 글에서 섬들의 명칭은 통일되어 있지 않다. 일본인 혹은 류큐 사람들이 보다 많이 사용하는 표현들은 일본어 혹은 류큐어로, 중국이나 타이완 사람들이 보다 많이 사용하는 개념은 중국어로 각각 표기했다.

스 섬; 류큐명=구바시마, 고비쇼; 중국명=黃尾嶼), 다이쇼 섬(大正島; 다른 이름=久米赤島; 류큐명=구미아카시마, 세키비쇼; 중국명=赤尾嶼), 기타코시마(北小島; 류큐명=시마구와, 鳥島), 미나미코시마(南小島; 류큐명=시마구와, 鳥島)와, 3개의 바위섬인 오키노키타시마(沖ノ北島; 중국명=黃麻嶼), 오키노미나미시마(沖ノ南島; 다른 이름=Pinacle), 도비세(飛瀬) 등, 모두 8개의 작은 섬으로 이루어진 제도(諸島)를 말한다(지도 4).

섬들은 중국 푸저우(福州)에서 420킬로미터, 일본 오키나와 나하(那覇)에서 420킬로미터, 이시가키(石垣) 섬에서 170킬로미터, 타이완 지룽(基隆)에서 190킬로미터 떨어진 곳에 위치해 있다. 이 섬들은 중국 타이완성(省)과, 일본 오키나와현 이시가키시에 각각 소속되어 있다.

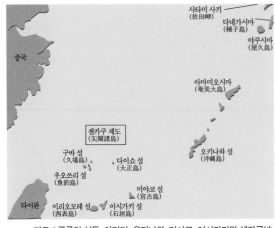

중국 학자들의 주장은 대략 두 갈래로 갈린다. 하나는 1372년 명나라 시조인 홍무제가 류큐왕국(琉球王国)을 복속시킨 이래, 500년 동안 류큐왕국의 왕들이 중국에 계속 조공을 바쳤고, 중

지도 4 류큐의 섬들. 아마미, 오키나와, 미야코, 이시가키와 센카쿠(尖閣)제도.

국은 류큐의 왕들을 책봉해 왔으므로, 1879년 '류큐처분'에 의해 일본이 류큐를 자국의 영토로 편입시킬 때까지 류큐왕국은 본래 중국 땅이었다는 것이다. 이 주장의 배경에는 댜오위다오(釣魚島)와 인근 섬들이 원래 류큐(지금의 오키나와) 땅으로, 중국은 오랫동안 류큐를 지배해 왔으므로, 그 섬들의 주인은 중국이라는 뜻이 들어 있다.

또 다른 하나는 댜오위다오가 타이완의 부속도서라는 주장이다. 청일전쟁에 의해 일본에 강제로 빼앗긴 뒤, 1951년 샌프란시스코 조약에 의해 일본으로부터 되돌려 받은 땅 속에 댜오위다오가 들어 있다는 것이다.

반면 일본은 메이지유신 이후 류큐 번(藩)을 폐지하고 오키나와 현(県)을 새로 만드는(廃藩置県) 1879년의 이른바 '류큐처분' 이후,

우오쓰리 섬(魚釣島)을 비롯한 센카쿠 제도는 모두 오키나와 현에 편입된 일본의 영토라고 주장하고 있다. 이 섬들은 태평양전쟁 이후 미국의 지배하에 들어간 오키나와의 섬들(아마미(奄美)군도를 제외하고 1953년에 경계 확정; 지도 6)에 포함되어 있었으며, 1972년 오키나와 반환협정 발효에 의해 다시 일본 영토가 되었다는 것이다.

세이류(征琉)와 세이타이(征台)에 의해 넘어간 센카쿠(尖閣)   요즘 중국은 댜오위다오가 류큐의 땅이라는 주장보다는, 타이완의 부속도서라는 점을 특히 강조한다. 류큐가 현실적으로 일본 영토화된 상태에서, '댜오위다오 제도'가 원래 류큐 땅이었고 그 류큐가 원래 중국 땅이었으니 '댜오위다오 제도'는 중국 땅이라는 식의 주장을 펴기엔 아무래도 무리수가 따르는 게 사실이다.

하지만 '류큐'가 일본 땅이 된 것은 그리 오래된 일이 아닌 것만은 분명하다. 1372년 명나라에 의해 독립국으로 승인된 뒤, 1879년 류큐처분을 통해 강제 합방되기까지 500년간 중국과 깊은 관계를 유지하면서 류큐는 독자적인 문화와 언어를 지속해 왔다. 류큐가 일본 땅이 된 것은 불과 100년 남짓할 뿐이다.

'유쿤(魚釣島의 류큐명)'과 함께 류큐가 일본으로 넘어가게 된 것은, 일본의 타이완 및 조선 정벌과도 아주 밀접한 관련이 있다. 세이류(征琉; 류큐 정벌), 세이타이(征台; 타이완 정벌), 세이칸(征韓; 조선 정벌)이 바로 그것이다. 먼저 '세이류(征琉)'란 일본이 1592년부터 1598년에 있었던 임진왜란(조선 정벌)을 준비하는 과정에서 비롯된 류큐 정벌을 뜻한다. 사쓰마(薩摩)의 시마즈(島津)는 도요토미 히데요시(豊臣秀吉) 등으로부터 조선 정벌(침략)을 위한 군사를 요청받자, 1591년 류큐왕국에 7,500명의 10개월분 식량을 조달하든지, 아니면 오시마(大島) 이하 5개 섬을 내놓으라고 했는데, 그만 보기 좋게 거절당하고 말았다. 이에 시마즈는 조선 정벌이 실패로 끝난 직후 도쿠가와 이에야스(德川家康)로부터 세이류(征琉)의 인가를 받아, 1609년 류큐왕국 정벌에 나서 결국 성공하였다. 그 결과 류큐왕실의 중국파는 몰락하였고 일본파가 중용되었으며, 류큐의 국왕은 끝내 사쓰마로 끌려가고 말았다. 류큐왕국이 사쓰마 번(藩)의 실질적인 지배에 들어간 것이다.

조선 정벌에는 실패했지만 류큐 정벌에 성공한 일본은, 이후 1879년 '류큐처분'을 통해 완전히 류큐를 일본에 복속시켰다. 변방 영토를 놓고 다툰 중국과의 힘겨루기에서 일본이 첫 승리를 차지한 것이다. '유쿤(魚釣島의 류큐명)'의 운명이 절반쯤 일본으로 기울게 된 것도 대략 이 무렵이라 할 수 있다.

중국과 일본의 두 번째 대결은 타이완 정벌 과정에서 발생하였다. 1871년 류큐의 연공운반선이 태풍을 만나 타이완에 표류하였는데, 이들 중 대다수가 원주민의 습격을 받아 살해되고 말았다. 일본은 이를 계기로 1874년 3,600명의 병사가 나가사키에 모여 '타이완 출병'을 꾀하였는데, '세이타이(征台)'란 바로 이를 일컫는 표현이다. 청나라도 타이완의 영유권을 주장하며 출병했는데, 결과적으로는 청나라 주재 영국공사의 협상에 의해, 청나라가 일본에게 각종 보상금을 지불해 주는 대신, 일본은 타이완에서 철수하는 것으로 결말지어졌다. 청나라가 타이완의 영유권을 그대로 유지한 반면, 일본은 향후 타이완 침략의 발판을 마련하게 된 사건이라 할 수 있다.

세 번째 대결은 1894년 갑오농민전쟁을 진압하러 일본과 청이 동시에 조선 출병을 하게 되면서 이루어졌다. 청일(일청)전쟁으로 발전된 이들의 전쟁은, 1895년 시모노세키(下関)조약 체결로 그 대단원을 맺는다. 서해(황해)와 여순 등지에서 승리를 거둔 일본은 요동반도와 타이완 등을 빼앗았고, 조선과 청의 분리(일본의 주장으로는 조선의 '독립'), 군비배상금과 중국 교역시장 등을 확보하였다. 댜오위타이(釣魚臺=魚釣島의 타이완명)의 운명이 확실하게 일본으로 넘어가는 순간이기도 했다.

류큐 정벌(征琉)과 타이완 정벌(征台)엔 성공했지만, 일본은 두 차례의 조선 정벌(임진왜란)에 실패한 데 이어, 1873년엔 사이고 다카모리(西郷隆盛)의 세이칸론(征韓論)마저 내전 끝에 결국 뜻을 이루지 못했다. 하지만 일본은 1905년 카쓰라 태프트 밀약과 1910년 한일합방을 통해, 중국과 일본 사이의 모든 영토 곧, 류큐 · 타이완 · 조선 모두를 자신의 수중에 넣고 말았다.

이 과정에서 우오쓰리지마(魚釣島)와 인근 섬들이 언제 일본의 영토가 되었는지는 불확실하다. 세이류(征琉)에 이은 류큐처분과 함께 일본으로 넘어갔는지, 세이타이(征台)와 청일전쟁에 따른 시모노세키조약(중국명=馬関조약)에 의해 타이완의 다른 섬들과 함께 일본

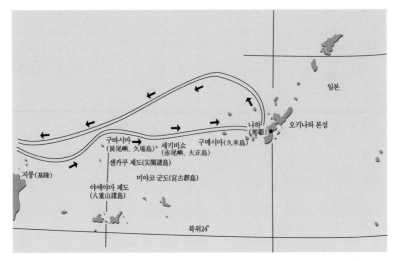

지도 5 류큐왕국 나하와 청나라 푸저우 간 조공무역 뱃길. 다오위다오와 인근 섬들을 지난다.

땅이 되었는지 알 수 없다. 하지만 분명한 것은 남방 팽창정책(무력 침공)을 통해 일본은 류큐와 타이완을 수중에 넣었고, 센카쿠 역시 이 과정에서 일본으로 넘어갔다는 사실이다.

다오위다오(釣魚島)와 인근 섬들이 류큐왕국과 중국·타이완 사이에 존재했다는 것 또한 부정할 수 없는 사실이다. 류큐왕국과 중국은 500년 넘게 조공무역을 지속시켜 왔고, 그들 간의 무역이 이뤄진 뱃길 한가운데 문제의 섬들은 위치해 있었다.

류큐왕국의 중심지 나하(那覇)와 중국의 푸저우(福州) 사이에서 이루어졌던 조공무역 루트는 대략, ① 중국 푸저우를 출발해 ② 타이완 지룽(基隆) 앞바다 ③ 다오위다오 제도(釣魚嶼 → 黃尾嶼 → 赤尾嶼) ④ 검은 물이 깊게 패인 곳(黑水溝) ⑤ 류큐의 구메시마(久米島;

중국명＝古米山) 순이었다(지도 5). 검은 물이 깊게 패인 곳이 류큐와 중국의 '경계'였다는 설이 있긴 하지만, 댜오위댜오 제도가 류큐와 중국의 경계였다고 보는 견해가 좀 더 설득력을 갖는다.

중국 푸저우의 류큐관(館)에는 늘 200여 명의 류큐인들이 거주했고, 청은 조공을 바치러 오는 배가 해적에게 당하지 않도록 크고 튼튼한 배를 제공했다. 류큐인들은 조공무역으로 떨어질 큰 이익을 생각하면서 열심히 물길을 안내했다고 문헌들은 전한다. 공생과 평화의 한가운데 댜오위댜오와 인근 섬들이 존재했음이 틀림없다. 하지만 그 섬들은 지금 대립과 반목으로 점철된 일촉즉발의 뇌관을 떠안은 채 동중국해 바다 한가운데를 점하고 있다.

자원민족주의와 미일의 협공 우오쓰리지마(魚釣島; 댜오위댜오 · 釣魚島)와 인근 섬들의 향방은 '코리아 · 타이완 · 류큐'에 대한 일본의 식민 통치가 끝남과 동시에 다시 거론되기 시작했다. 미국은 1945년 4월 남서제도를 점령한 뒤, 북위 30도 이남의 모든 섬들을 일본의 행정 관할에서 제외시켰다. 이에 따라 센카쿠 제도를 포함한 류큐는 일본이 아닌 미군의 지배하에 들어갔다.

미군은 민간정부에 정권을 이양하였고, 1952년엔 아마미(奄美), 오키나와(沖繩), 미야코(宮古), 야에야마(八重山) 4개 군도를 통합해 '류큐정부'를 발족시켰다. 일본 본토에서 제일 가까운 아마미 군도를 일본에 반환한 데 이어, 미군은 1953년 곧바로 류큐정부의 지리

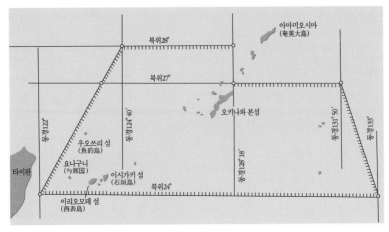

지도 6 미군이 결정한 류큐정부의 정치적 · 지리적 관할구역. 센카쿠 제도가 경계선 안에 들어 있다.(1953년)

적 경계를 최종 확정지었다(지도 6). 센카쿠 열도가 최종 확정된 경계 내부에 들어가 있음을 알 수 있다.

그러나 중국과 타이완은 당시 이러한 미국의 조치에 대해 아무런 대응도 취하지 않았다. 1949년 중화인민공화국을 건설한 지 얼마 되지 않은 상태의 중국으로서는, 류큐와 댜오위다오 문제를 놓고 미국과 언쟁을 벌일 처지가 아니었을 것이다.

댜오위다오 문제를 타이완과 중국이 처음 제기한 것은 1972년 류큐가 일본으로 복귀되면서('오키나와처분'이라고도 한다.)부터였다. 먼저 문제를 제기한 것은 타이완 쪽이었다. 타이완 입법원은 1970년 8월 댜오위타이(釣魚臺)의 타이완 영유를 주장하는 결의문을 채택한 뒤, 댜오위타이와 인근 섬들은 카이로선언과 포츠담선언에 따라 일본에 반환되어서는 안 된다고 주장하였다. 하지만 섬들은 류큐와 함께 일본에 반환되었고, 타이완의 수산시험소 소속 선박은 1970년 9월 댜오위타이에 접근, 중화민국 국기를 게양하며 영유권을 주장하는 시위를 벌였다. 1972년 2월에는 댜오위타이와 인근 섬들을 타이완성 이란(宜蘭)현 관할로 편입시켜 버리기도 했다. 이에 대해 일본 쪽에선 1972년 1월 '애국청년연맹' 대표가 우오쓰리지마(魚釣島)에 상륙한 데 이어, 1973년 5월에는 '센카쿠 제도 영유결사대' 대원들이 우오쓰리지마에 상륙, 타이완의 영유권 주장을 비판하였다.

이 같은 영유권 대립은 '석유와 천연가스'가 매장되어 있다는 유엔 아시아 극동경제위원회(ECAFE)의 조사 결과가 나오면서부터 시작되었다는 해석도 있다. 센카쿠 열도를 중심으로 약 20킬로미터 넓이에 두께 3,000미터 이상의 석유와 천연가스가 매장되어 있다는 결과가 그 무렵 공표되었고, 1970년 7월 타이완은 팬퍼시픽 걸프에게 타이완 동북부 해역에서의 석유자원 탐사시굴권을 허가했기 때문이다. 이어 중국 외교부 역시 1971년 12월 댜오위다오에 대한 권리를 주장하면서 "중국은 타이완을 해방하고, 댜오위다오 등 타이완 영토를 해방한다"는 성명을 발표하였다.

이후 타이완·홍콩 및 중국 대 일본의 대립은 더욱 격화되어 갔는데, 이를 정리해 보면, ① 중국: 1978년 4월, 중국 무장선이 댜오위다오 인근 해역에서 항의 행동. ② 일본: 이에 항의하여, 1978년 5월 일본 '애국청년연맹' 관련자가 우오쓰리지마에 상륙해 일장기 게양. ③ 일본: 1978년과 1988년, 1996년에 '일본청년사'가 우오쓰리지마와 기타코시마(北小島) 등에 등대 건설. ④ 타이완·홍콩: 1988년의 등대 건설에 항의하여, 1990년 10월 타이완 선박 2척이 댜오위타이 인근 해역에서 항의 시위. 홍콩에서도 일본에 대한 항의 행동 — 제1차 댜오위타이 보호(保釣)운동. ⑤ 타이완·홍콩: 1996년 등대 건설에 항의하여, 그해 9월 홍콩과 타이완에서 대규모 항일운동 전개. '전지구적 중화인 보조(保釣) 대연맹' 돌격대가 댜오위타이에 진입. 1997년 홍콩과 타이완의 시위대가 어선에 나눠타고 댜오위타이 인근 해역에서 시위 — 제2차 댜오위타이 보호(保釣)운동. ⑥ 일본: 1996년 일본 이시가키시(石垣市) 정치단체인 '센카쿠 열도 방위협회'가 우오쓰리지마에 커다란 목재 널빤지에 그린 일본 국기를 세워 놓았고, 1997년과 1999년에는 기타코시마와 우오쓰리지마에 각각 일본 단체 '일본청년사' 단원 등이 상륙. 2000년 4월에도 '일본청년사' 단원이 우오쓰리지마에 상륙해 신사를 세움. ⑦ 중국: 1990년대 이후 동중국해 댜오위다오 인근 해역(일본이 200해리 배타적 경제수역이라고 주장하는 곳)에서 해양조사선 등에 의한 석유탐사와 채굴활동 빈번. 1992년 2월 댜오위다오 제도, 남사군도, 서사군도를 포함하는 영해법 발표. 1995년과 1996년 인근 해역에서 공군전투기 혹은 해상훈련 등에 의한 무력시위. ⑧ 일본: 중국과 일본의 배타적 경제수역이 겹치는 중간수역에서의 중국 춘샤오(春曉) 천연가스 시추장비 설치에 대한 항의 차원에서, 2005년 센카쿠 열도 주변 석유 및 천연가스 개발을 강화하기 위한 구체적 방안 마련 등이다.

그렇지만 센카쿠 제도를 둘러싼 갈등을 단순히 석유와 천연가스 자원을 확보하기 위한 자원민족주의만으로 설명해서는 안 된다. 동아시아의 패권을 노리는 미국 · 일본 대 중국의 대립전선이란 측면이 최근 들어 부쩍 강하게 부각되고 있기 때문이다. 1996년 '미일 신안보 공동선언'을 통해 미국과 일본이 공동전선을 전 지구적으로 확대한 데 이어, 최근 미 부시 행정부의 전략개발기구라고 할 수 있는 '랜드연구소'가 일본 '평화헌법'의 개정 권고 보고서를 제출한 것이라든지, 2005년 2월에 있었던 '미일 2+2 각료급회담'에서 '타이완'을 '미일동맹'의 협력 범위 안에 넣으려는 시도 등은 모두 중국을 염두에 둔 조치이다.

일본 쪽의 움직임은 보다 선명하다. 2004년 말에 발표된 '신방위 계획대강'에서 방위 대상을 북한과 러시아에서 북한과 중국으로 바꾼 것에서도, 일본이 중국을 얼마나 의식하고 있는가를 엿볼 수 있다. 동중국해의 제공권 확보와 중국 인민해방군에 대비한 도심방어 훈련을 위해, 일본은 항공자위대 오키나와 나하(那覇) 기지에 기존의 F-4 전투기를 대신해 2008년까지 F-15 전투기를 24대 배치하기로 했고, 북쪽 홋카이도(北海道) 육상자위대를 혼슈(本州)로 이동해 훈련시키기도 했다. 2005년 3월 일본 방위청이 중국에 대한 경계를 강화함과 동시에 센카쿠 제도 인근 섬에 자위대를 주둔시키겠다고 발표한 것 역시, 단지 센카쿠 제도의 방어를 위한 전술적 방침으로서가 아니라, 동중국해 더 나아가 동아시아의 패권을 장악하기 위한 미 · 일의 전략적 방침으로 이해해야만 할 것이다.

중국 역시 동중국해를 넘어 태평양 연안으로 진출하기 위한 장기 계획을 세우고, 잠수함을 비롯, 해상 장악력 확대에 박차를 가하고 있다. 현 단계에서 일본과 중국의 해군력을 단순 비교할 경우, 중국은 일본의 적수가 되지 못한다. 현재 중국의 해군력은 대부분 연안 방어용으로, 이지스함을 4척이나 보유하고 있는 일본과는 상대가 안 된다. 하지만 2010년대 후반이 되면 중국은 동아시아의 해상을 완전 장악할 것으로 미국 군사전문가들은 예상하고 있다. 미국을 등에 업은 일본과 중국이 대치하는 최전선에 '댜오위다오 제도(센카쿠 제도)'가 놓여 있는 셈이다. 류큐와 타이완과 조선을 놓고 일본과 중국이 한판 승부를 벌이던 110년 전 상황이 재현되는 듯한 느낌이다.

4. 독도(竹島)에 대하여

북방 4개 섬과 센카쿠 제도(댜오위다오 제도)와 함께 일본과 분쟁 중인 또 다른 섬은 '독도(竹島)'이다. 독도에 대해서는 워낙 많은 사료가 발굴되었고 특히 한국에선 많은 정보들이 지속적으로 제공되어 왔기 때문에 이 글에서 더 언급할 필요가 없을지도 모르겠다. 하지만 두 가지 사실만은 간단하게나마 짚고 넘어가는 게 좋겠다.

너무나 당연해 '우문'에 가까운 질문이 될지 모르지만, 먼저 '독도는 원래 누구 땅인가' 하는 점을 다시 한 번 살펴볼 필요가 있다. 너무 당연한 명제란 한번 의심해 봐야 하는 명제와 사돈관계에 놓여 있기 때문이다.

여기서 주목해야 할 부분은 예의 '원래' 라는 단어이다. 영유권 주장에 있어 늘 따라다니는 수식어 '원래' 를 독도에도 적용시킨다면, 독도는 '원래' 한국 땅도 일본 땅도 아닌, '우산국의 땅' 으로 정의될 수 있을 것이다. 독도가 우산국-일본열도 항해로 상의 섬이었던 것만은 틀림없는 사실이다.

우산국이 만들어진 것은 기원전 4세기~1세기경으로 알려져 있다. 2000년에 발견된 3개의 고인돌은 모두 청동기 후기 시대의 것이었는데, 그렇다면 우산국은 510년 신라의 이사부에 의해 정벌될 때까지 대략 5백 년~1천 년의 역사를 꽃피워 왔다는 얘기가 된다. 우산국의 조선술과 항해술은 울산 울주군에 그려진 암각화에서도 알 수 있듯이, '고래' 를 잡을 수 있을 정도로 뛰어났던 것으로 알려져 있다. 당시 뛰어난 해상 전투력을 가졌던 신라군도 우산국을 정벌하기 위해 8년 동안을 준비해야만 했다고 한다. '목우사자' 와 같은 신무기를 사용해, 그것도 두 번이나 정벌에 나선 뒤에야 우산국을 손에 넣을 수 있었을 정도로, 당대 우산국의 해상 전투력은 막강했다.

일반인들에게 알려져 있듯, 우산국의 역사가 510년 신라의 정벌과 함께 막을 내린 것은 아니었다. 신라에 공물을 바치면서도 우산국은 독립국가의 형태로 존속해 왔다. 신라나 고구려와도 다른 독자적인 석실고분 문화와 독특한 금동관 문화를 꽃피우면서, 우산국은 동해(일본해) 해상권을 장악한 채, 11세기 초 고려시대까지 그 명

맥을 유지해 갈 수 있었다고 한다. 고려에 지속적으로 공물을 보내는 한편, 일종의 독립국가 체제를 우산국은 고려로부터 인정받았던 것으로 『고려사』 등은 기술하고 있다.

이후 계속되는 여진족의 침입으로 우산국에서 더 이상 사람이 살수 없게 되자, 우산국 사람들이 동해안으로 도망쳐 왔다는 기록도 있다. 조선조 들어 계속된 공도(空島)정책과 함께 우산국의 명맥도 서서히 끊어져 간 것이다.

조선조에 들어 400여 년간 공도정책이 계속되는 동안, 일본인들은 대략 1600년 무렵부터 울릉도에 들어와 전복 채취와 벌목 등을 했던 것으로 알려져 있다. 울릉도 인근에서 조업을 하던 조선 어민들은 일본의 오타니(大谷), 무라가와(村川) 가문의 어민들과 자주 충돌을 일으켰는데, 그 과정에서 안용복에 관한 이야기도 생겨나게 된 것으로 보인다.

이후 조선은 태종 이래 계속되어 온 공도정책을 1882년에 폐지하고 54명을 울릉도에 보내 본격적인 울릉도 개척사업을 벌였다. 현재의 울릉도는 이들 개척민들의 지속적인 개발에 의한 것으로, 인구는 옛 우산국 수준인 1만여 명에 이른다고 한다. 우산국의 역사와는 비록 단절되었다 할지라도, 지금의 울릉도 곳곳에는 아직도 우산국의 역사가 살아 숨 쉬고 있다. 한국과 일본을 중심으로 한 울릉도·독도의 역사가 아니라, 변방국가 우산국을 하나의 독립된 주체로 인정하는 역사가 실로 절실하다.

두 번째로 검토해 보아야 할 점은 한반도 혹은 일본열도와 관련

된 울릉도·독도의 역사를 단지 '대립과 갈등'의 역사로만 보아야 할 것인가 하는 문제이다. 지금까지 독도를 놓고 그것이 누구의 땅인지를 강조해 온 나머지, 한일 양국은 대립과 갈등의 역사적 사실들만을 발굴해 냈다. 하지만 우산국 문제에 있어 두 나라 사이엔 정말로 그 같은 갈등의 역사만 존재할까 하는 점은 여전히 의문으로 남는다. 이 문제를 살펴보기 위해서는 먼저 울릉도·독도 주변의 해류와 뱃길을 한번 점검해 볼 필요가 있다. 교류란 뱃길을 따라 이루어졌을 것이 분명하기 때문이다.

울릉도·독도는 옛날 한반도와 일본열도를 연결하는 뱃길의 중간 기착지였다. 한반도 동해안의 남쪽 바닷가에서 배를 타면 배는 쓰시마 인근의 난류를 타고 울릉도 인근 해역에 다다른다. 그 배는 다시 북쪽 사할린 부근의 한류와 만나 새로운 물길을 타고 일본 서해안에 도달할 수 있다. 대륙문화가 일본열도에 전파되는 물길 가운데 하나였음을 알 수 있다. 또 다른 중간 기착지로는 '쓰시마국'이 있다. 그런데 흥미로운 것은 '쓰시마국'에서 난류를 타면 곧바로 '우산국'에 도달한다는 점이다. 이 물길은 '쓰시마국'과 '우산국'의 교류를 가능케 했는데, 그런 연유에서인지 울릉도에는 '쓰시마인'과 '우산국 사람'의 사랑 이야기가 지금까지 전해져 내려오기도 한다. 울릉도에 있는 '비파산'이 그것이다. 1400년 전 우산국의 우해왕이 쓰시마국에 다녀올 때 그곳의 셋째공주를 데려와 자신의 왕후로 삼았다. 그러다 그녀가 죽자 우해왕은 뒷산에서 백 일 동안 제사를 지내고 시녀에게 매일 비파를 뜯게 했는데, 이리하여 오늘의

'비파산'이 되었다는 이야기다. 어떤 이들은 이를 두고 쓰시마국과 우산국이 혼인 동맹 관계였다고 해석하기도 한다.

물론 1690년대를 전후해 울릉도·독도가 새롭게 개척되던 시기에 이르러, 쓰시마 사람들이 빈 섬인 울릉도를 탐해 갈등을 빚기도 했다. 오키(隱岐)의 오타니(大谷) 가문 소속 어민들과 충돌을 빚었던 안용복 항의사건 역시 울릉도를 탐했던 쓰시마와도 직간접적으로 연관되어 있다. 이보다 좀 앞선 기록이긴 하지만, 1407년에는 쓰시마 사람들이 무릉도(울릉도)에 마을을 옮겨 살게 해 달라고 조선조에 간청했으나 거절당했다는 기록도 있다. 하지만 한반도와 일본열도 사이에 놓인 바다 위 섬들의 역사를 살펴보면, 더 많고 더 길었던 것은 '갈등과 대립'의 역사가 아니라 '교류와 협력'의 역사였음이 분명하다. 쓰시마는 가야(伽倻) 이래 신라와 고려, 조선 등의 문화를 줄곧 일본에 전파했고, 일본의 규슈(九州)와 혼슈(本州)의 문화를 한반도 남동쪽 해안에 옮겨 놓았으며, 우산국 역시 대륙문화를 일본에 전파시키고, 일본열도의 문화를 한반도에 전하는 역할을 해왔다. 마치 류큐왕국이 남중국과 일본 사이에서 등거리외교를 펴 가면서 두 나라의 문화를 교류시켜 왔던 것처럼 말이다.

5. 맺는 말

북방 4개 섬과 센카쿠 제도 그리고 독도는 하나의 공통점을 갖고 있다. 그 섬들과 섬 주변 사람들의 운명이 '근대'를 기점으로 변모해 갔다는 점이다.

'북방 4개 섬'에 살던 '아이누' 등은, 근대가 시작되기 이전 물론 서로 다투긴 했지만 나름대로 평화로운 삶을 살아올 수 있었다. 하지만 근대에 들어선 뒤 러시아와 일본이라는 '국가'들의 싸움에 휘말리면서 엄청난 시련과 고통의 나날을 보낼 수밖에 없었다. '센카쿠 제도' 역시 근대가 시작되기 전에는 동중국해 최대의 해상왕국으로 독특한 문화를 꽃피웠던 류큐와 청나라의 조공무역 길목에서 평온한 날들을 보냈다. 그렇지만 근대가 시작되면서 류큐의 오키나와 현 편입, 타이완 식민지화, 지상전, 미군점령 하의 류큐정부, 다시 류큐의 오키나와 현 편입이라는 다난한 과정을 거치는 동안 내내 빼앗고 빼앗기는 과정의 연속이었다고 할 수 있다.

'독도' 또한 마찬가지다. 근대가 시작되기 이전에는 동해(일본해)를 중심으로 독자적인 문화를 일궈 냈던 '우산국' 어민들의 쉼터로 존재할 수 있었지만, 근대가 시작되면서부터 '독도'는 늘 대립과 갈등의 진앙지가 되고 말았다.

근대가 들어선 뒤, 스스로의 국가 이익을 최대화하기 위해 침략전쟁을 일삼았던 동아시아 근대국가들의 틈바구니에서 언제나 희생양으로 존재했던 이들은, 이른바 '변방 사람들'이었다. '변방 사람들'은 단지 근대국가의 영토를 확장하는 데 동원될 뿐, 그들의 의견은 단 한 번도 고려된 적이 없었다.

'센카쿠'는 일본의 세이류(征琉)와 세이타이(征台)를 통해, '독도'는 세이칸(征韓)의 과정에서 일본과 청과 러시아, 그리고 미국에 줄곧 휘둘려 왔는데, 이들 섬을 둘러싼 사람들의 운명 역시 그 과정에서 늘 끌려가고 끌려오는 삶의 연속이었다고 할 수 있다. '북방 영토'에 살던 아이누들도 그러했고, 그곳에 이주해 와서 살던 러시아인, 일본인, 강제이주 당한 조선인들 역시, 원하지 않는 섬으로 강제이주 당하거나 혹사당하면서 원하지도 않는 국가의 옷을 몇 번씩이나 갈아입다가, 끝내는 스파이로 이용되다 죽어 갔다.

'평화'와 '공생'의 동아시아 바다: 지역공동체를 향한 '전환시대의 논리' '북방 영토'와 '센카쿠' 및 '독도'는 근대국가 간 영토 분쟁에 늘 희생되어 왔던 공간이지만, 다른 한편 근대국가 간 영토 분쟁을 넘어설 자양분을 함축하고 있는 공간이라고도 할 수 있다. '대립과 분쟁과 희생'의 공간이었기에, 역설적으로 '평화'의 메시지를 그 어느 곳보다 절절하게 담고 있는 공간이며, 새로운 영유권 주장의 '대치선' 깊숙한 곳에 그것을 넘어설 비책 또한 품고 있는 공간임에 틀림없다.

영유권 분쟁의 불씨는 예나 지금이나 늘 '원래는 우리 땅'이었다는 주장에서부터 시작되었는데, 만약 '원래'는 우리 땅이 아니었다고 하거나, '지금'은 우리 모두의 땅이라고 하면 문제는 해결될 수 있을지 모른다. 따지고 보면 이들 섬의 '원래' 주인은 실제로 현재 자기 땅이라고 주장하는 사람들이 아니다. 앞서 살펴본 대로 '북방 영토'란 원래 아이누와 윌타, 니부프의 땅이었고, '센카쿠'는 조공무역을 떠나던 류큐 사람들의 땅이었으며, '독도'란 원래 우산국 어부들의 쉼터였다. 또한 지금의 '북방 영토'엔 아이누와 윌타, 니부프, 러시아인, 일본인, 강제이주 당한 조선인 등이 함께 살고 있으므로, 결국 '지금' 그곳은 그들 모두의 땅이라고도 할 수 있다.

따라서 이제 우리가 고민해야만 하는 것은, 섬들을 둘러싼 국가와 국가 간의 영유권 다툼이 아니라, 그곳 섬과 섬 주변에 살고 있는 사람들의 넉넉하고 평화스러운 삶이다. 국가와 국가의 변경인 동아시아 바다 위에서 살아가는 사람들=변경인들을 중심에 놓고, 그들과 함께 나누며 살아갈 '공생(共生)'의 방안을 만들어 가야만 한다.

센카쿠 주변 춘시아오 중국 가스채굴선 옆에 동일한 일본 채굴선을 또 세울 게 아니라, 중국과 일본이 채굴 장비를 서로 보완해 더 좋은 채굴선을 만들고, 그렇게 생산된 가스를 함께 이용하면 되지 않을까. 독도를 지키기 위해 경비병을 상주시키고, 다케시마를 빼앗아오기 위해 엄청난 경비를 들이는 대신, 울릉도 어민과 오키(隱岐) 어민을 위해 한국과 일본이 어업 장비를 공동으로 보완하는 게 어쩌면 더 바람직할지 모른다. 북방 4개 섬 역시 마찬가지다. 이들 섬을 되돌려 받기 위해 일본이 '국가 러시아'에 엄청난 사례를 할 게 아니라, 사할린과 쿠릴 열도와 홋카이도에 살고 있는 사람들이 보다 자유롭게 국경을 넘나들면서 보다 풍요롭게 살아갈 환경을 만들기 위해, 러시아와 일본이 공동 투자하는 쪽이 훨씬 더 현명한 처사일 것이다.

남중국해 '남사(南沙: 필리핀명=스프래틀리) 군도'는 이 같은 '공생'의 정신에 한발 다가선 경우라고 할 수 있다. '남사 군도'는 1970년 이후 영유권을 둘러싸고, 중국·타이완·베트남·필리핀·말레이시아·브루나이 등 모두 6개국이 다툼을 벌여 온 곳이다. 중국과 베트남은 실제 무력 충돌까지 벌이며 인근 해역의 유전과 가스전을 차지하기 위해 다투어 왔지만, 지난 2002년 이들 국가는 분쟁 방지를 위해 '남중국해 당사국 행동선언문'에 합의했다. 2005년 3월에는 중국, 베트남, 필리핀이 유전공동탐사에 합의하기도 했다. 이 같은 합의의 배경에는 물론 아세안과의 관계를 개선(FTA 체결 등)하고자 하는 중국 쪽의 복잡한 계산이 숨어 있는 것이 사실이지만, 아무튼 서로의 머리를 맞대면 '공동의 이익'을 위한 '공생'의 방안을 모색할 수 있다는 선례를 보여준 것 또한 사실이다.

자세히 보면 남사 군도의 '남중국해'와, 센카쿠 제도의 '동중국해', 그리고 독도가 있는 '동해(일본해)'와, 북방 4개 섬이 있는 '오호츠크해'는 해협과 해협을 거치면서 절묘하게 모두 서로 연결되어 흐르고 있음을 알 수 있다. 그런데 국가 간의 국경을 이루며 흐르고 있는 '동아시아의 바다'는 현재 모두가 분쟁 중이다.

하지만 아이러니컬하게도 동아시아의 '공생'을 위해 보다 적극적인 것은 각국의 '시민단체'가 아닌 '경제단체'들이다. 한국, 일본, 중국 및 아세안은 경제적으로는 이미 벗어나려야 벗어날 수 없는 공동운명체에 속해 있기 때문이다. 오히려 새로운 '갈등과 대립'을 부추기고 있는 쪽은 각국의 '시민단체'라고 할 수 있다. 중국과 한국의 '시민단체'는 물론이고, 일본 쪽 「아사히신문」의 논조를 포함해 이른바 사회당, 공산당계 시민단체들 역시 영토 문제에 관해서는 단호한 편이다. 각국 정부는 이들 시민단체와 경제단체를 한편으론 활용하면서, 또 다른 한편으론 눈치를 보는 형국이라 할 수 있다.

일국 중심의 근대국가 틀에서 벗어나 지역단위의 정치·경제적 환경으로 급속히 전환되어 가고 있는 현 상황에서, 각국의 시민단체들이 자국중심주의에서 벗어나려 하지 않는 한 동아시아의 미래란 결코 긍정적일 수 없다. 국가 단위에서 해결하지 못하는 문제들에 대해, '동아시아 바다' 주변의 시민단체들이 한데 모여 '평화'와 '공생'의 지역공동체를 향한 '대안'을 만들어 나가야만 할 것이다.

먼저 '동아시아의 바다'를 갈등과 대립의 상징인 '동해'나 '일본해', '중국해'도 아닌, '평화와 공생의 바다'라 호명할 필요가 있다. 그래서 독도(竹島) 앞바다, 센카쿠(釣魚島) 앞바다, 북방 영토(쿠릴) 앞바다, 남사(스프래틀리) 군도 앞바다 어디에서도 대립과 갈등이 일어나지 않도록 감시하고, 그 바다에 살고 있는 이들의 '공생'을 위한 구체적인 방안들을 도모해 나가야만 할 것이다.

전 지구상에서 거의 유일한 냉전 지역인 한반도에서 대립과 갈등을 넘어서기 위해 생각해 낸 '햇볕정책'의 교훈을, 한반도를 넘어 갈등의 '동아시아 바다' 전역으로 확대해 나가야만 하지 않을까. 그럴 때만이 모두들 스스로의 두꺼운 갑옷을 벗고 벌거벗은 따뜻한

마음과 마음으로 마주 설 수 있을 것이다. 그 길만이 미국을 등에 업은 일본과 동아시아의 패자로 부활하고 있는 중국과의 대결로 인해 동아시아의 바다가 더 이상 얼룩지지 않게 하는 유일무이한 방법이다. 일국 중심의 대결과 분쟁의 시대가 아닌 진정한 의미에서의 동아시아 평화와 공생 시대로의 '전환'을 위한 새로운 '전환시대의 논리'가 그 어느 때보다 절실하다.

참고문헌

平山裕人, 『アイヌ・北方領土学習にチャレンジ』, 明石書店, 2005

浦野起央, 『尖閣諸島・琉球・中国』, 三和書籍, 2002

佐伯弘次, 「国境の中世交渉史」, 『玄海灘の島々』, 小学館, 1990

和田春樹, 『北方領土問題』, 朝日新書, 1999

井上清, 『尖閣列島』, 第三書館, 1996

アイヌ・モシリの自治取を取り戻す会, 『アイヌ・モシリ』, お茶の水書房, 1992

金城宏幸, 『尖閣海底資源は沖縄の財産』, ボーダーインク, 2005

上地竜典, 『尖閣列島と竹島』, 教育社, 1978

明石康(外), 『日本の領土問題』, 自由国民社, 2002

鹿嶋海馬, 『アジア国境紛争地図』, 三一書房, 1997

ロムインターナショナル, 『世界の紛争地図の読み方』, 河出書房新書, 1998

内藤正中, 『竹島(鬱陵島)をめぐる日朝関係史』, 多賀出版, 2000

芹田健太郎, 『日本の領土』, 中央公論新社, 2002 (外)

포항MBC 창사특집 다큐멘터리, 「우산국」, 2000년 제작

* 지도 1~3은 平山裕人의 책에서, 지도 4~6은 浦野起央의 책에서 각각 인용.

재일

경계코

코리안

재일이주 정주자

안

넘기

내부

제3부

재일이주·정주자와의 경계 넘기

재일코리안 내부 그리고

'**타자**' 란 '자기'의 외부에만 존재하는 것이 아니다. 자기 내부의 '타자'를 들여다보는 일은 '외부의 타자'와 싸우는 것보다 훨씬 어려울 수 있다. '재일코리안' 역시 마찬가지다. '재일코리안'에게 있어 '타자'는 늘 외부에 위치해 있었다. 늘 함께했으면서도 결코 양립할 수 없는 불구대천의 타자쯤으로 '일본인'은 간주되어 왔는데, 그렇게 해야만 '재일코리안'의 아이덴티티가 확보될 수 있다고 생각해 왔기 때문이다. 하지만 재일코리안 1세대와 2세대의 시대가 가고 3세대가 사회 전면에 등장하기 시작하면서, 이들은 지금까지의 '이분법'에 의문을 품기 시작했는데, 이때의 '의문'이란 곧 자기 내부의 '타자'를 들여다보는 것을 의미했다.

망원경 대신 현미경으로 재일코리안 내부를 들여다보기 시작한 것은 지난 1999년대 무렵부터일 것이지만, 그중에 특히 기억에 남는 것은 아마도 '가네시로 가즈키'의 소설 「GO」일 것이다. 저자는 자신이 '재일코리안(저패니즈 코리안)'이 아닌 '코리안 저패니즈'로 불리길 원한다. 그에게 '코리아'란 '현재'가 아닌 '과거(뿌리)'에 지나지 않는다. 재일코리안 3세에게 있어 '코리아'란 추억도 향수도 아닌 단지 기억해야만 할 '뿌리' 먼 옛 '할아버지 시대'의 전설일 따름이다.

'아이덴티티'란 영구불변한 것이 아니다. 시간의 경과에 따라, 혹은 정치 경제적 공간의 변화에 따라 함께 변화하는 살아 있는 그 무엇이다. 과거 '몽골인'은 한반도에 와 '코리안'이 되었고, 먼 옛날 한반도의 백제인들은 일본으로 건너가 '야요인'의 이름을 얻은 뒤 지금의 '일본인'이 되었다. '중국인' 혹은 '러시아인'임을 강조하던 이들은 한국 경제의 성장과 함께 '한국어'를 배우기 시작했고, 스스로가 '한국인'임을 강조하기도 한다.

2001년에 소설 「GO」는 영화화되었고, 그 영화는 그해 일본 아카데미상을 받았으며, 한국에도 소개되어 큰 반향을 일으켰다. 감독의 연출력과 배우의 열연이 돋보이기도 했지만 무엇보다 탄탄한 원작의 힘이 컸음을 부인하기 어렵다. 그해에는 유독 비슷한 영화들이 일본에 많이 소개되었는데, 권위 있는 일본의 영화제인 '피아 필름페스티벌'에서 그랑프리를 받은 리상일 감독의 영화 「靑CHONG」과 일본 '야마가타 국제 다큐멘터리 영화제'에서 특별상을 받은 마쓰에 데쓰야키 감독의 영화 「안녕 김치」 등이 그것이다. 재일코리안 3세의 젊은 감독에 의해 만들어진 이들 영화는 영화 「GO」와 함께 자신의 변모된 정체성을 묻는다. 그들에게 있어 '아이덴티티' 혹은 '국적'이란 일종의 '기호식품'과 같은 것이다. 영화는 가능한 한 진지한 포즈를 버리고, 스스로를 '엔터테인먼트'로 포장하기 위해 노력한다.

양석일의 원작 소설을 영화화한 「달은 어디에 떠있는가」는 재일코리안 2세 최양일 감독의 작품으로, 위의 소설과 영화들보다 훨씬 앞서 재일코리안 3세들의 문제의식을 깊이 있으면서도 코믹하게 처리한 작품이다. 원작인 소설 「택시 광조곡」이 재일코리안 사회와 일본 사회를 여전히 이분법으로 재단하고 있는 데 반해, 영화는 이를 넘어 재일코리안 사회 내부의 '성찰'과, 일본에서 살아가고 있는 국적이 또 다른 '재일'들과의 '소통'을 꾀한다. '일본 사회'와 '재일코리안'이라는 고정된 이분법적 인식을 넘어서는 계기는 국적이 다른 또다른 '재일' 특히 '재일 필리핀인'의 등장이다. 일본 사회에 새롭게 존재하기 시작한 '동남아 출신의 이주·정주자'라는 거울을 통해, 영화는 '재일코리안'의 내부를 '성찰'케 한다. 영화에서 재일코리안이 '또 다른 재일'과의 '소통'을 시작할 수 있었던 것도 그 같은 '성찰'의 결과라 할 수 있다.

01 코리안 · 저패니즈의 절규 '나는 나다'
자이니치(在日) 3세가 만든 영화 3편이 보여주는 정체성 혼란과 상처

철로에 내려선 한 소년은 지하철이 거의 플랫폼에 도착하자 지하철을 뒤로 한 채 다음 역을 향해 달리기 시작한다. 달리는 장면은 정지화면으로 분할되고, 풀리지 않는 자신의 정체성은 미친 듯 질주하는 장면으로 외화된다. 2001년 일본에서 개봉된 영화 「GO」의 첫 장면은 이처럼 거칠고 팍팍하다. 하지만 '자이니치(在日)'의 정체성이라는 딱딱한 주제는 사랑, 폭력, 멜로라는 청춘영화 문법에 충실한 엔터테인먼트로 포장된다.

주먹이 닿을 수 있는 공간―자이니치의 생존 공간(?)

원작은 일본 최고의 대중문학상이라고 일컬어지는 나오키상(제123회)을 수상한 코리안 저패니즈(그는 자신을 이렇게 불러 주길 원한

나오키상을 수상한 소설 「GO」.

다.) 가네시로 가즈키의 소설. 원작소설만으로도 15만 부 이상이 팔린 베스트셀러이다. 주인공 스기하라는 중학교 시절까지만 해도 조선학교를 다녔지만, 더 넓은 세상을 경험하기 위해 일본인 고등학교에 진학한다. 처음으로 접하게 되는 차별에 그가 맞설 수 있는 유일한 대안은 주먹. 농구장에서의 집단 이지메에 대항하는 주인공의 연기는 가히 일품

이다. 이후 학교 주먹들의 계속되는 도전에 맞선 그의 전적은 24승 무패. 그 도전자들 중 한 명이 그를 무척 위해 준다. 그 친구의 생일 댄스파티에서 소녀 사쿠라이를 만나 서로 사랑에 빠지게 되지만 재일한국인이라는 사실이 그들의 사랑을 방해한다. 조선학교의 뛰어난 수재인 친구 정일의 갑작스런 죽음, 북으로 간 삼촌의 죽음, 마르크스주의자였던 복서 출신 아버지와의 갈등 역시 그를 괴롭힌다. 하지만 아픔은 그를 성숙시키고, 무수한 역경을 통해 그는 더욱 단단해진다. 일종의 자이니치 소년의 성장영화인 셈이다.

자이니치의 아이덴티티를 묻는 또 다른 최근 영화로는 리상일 감독의 「靑CHONG」과 역시 자이니치 3세인 마쓰에 데쓰야키가 감독한 「안녕 김치」가 있다. 젊은 신인감독의 등용문으로 가장 권위 있

영화 「靑chong」의 팸플릿.

는 제22회 피아 필름페스티벌에서 그랑프리 등 4개 부문을 휩쓴 리 감독의 영화 「청」은, 영화 「GO」와 마찬가지로 조선학교 시절의 사 랑 이야기를 매개로 한 재일동포 3세의 정체성 묻기가 그 주된 테 마이다. 그러나 「안녕 김치」는 이와는 조금 다른 각도에서 자신의 아이덴티티를 찾아간다. 한국에 대해 별로 좋지 않은 이미지를 갖 고 있던 주인공이 할아버지의 죽음을 매개로, 자신의 뿌리를 찾아 할아버지의 고향인 충청남도를 찾아가고, 그곳에서 창씨개명과 귀 화라는 문제와 조우하게 된다. 야마가타 국제 다큐멘터리 영화제에 서 아시아 천파만파 특별상과 최우수 아시아 영화 특별상 등을 수 상했다.

조선학교 학생의 가장 두드러진 특징은 역시 '센 주먹'이다.

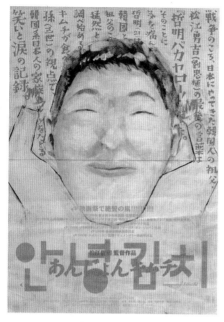

영화 「안녕 김치」의 팸플릿.

「GO」에서 복서 출신의 자이니치 2세인 주인공의 아버지는 아들이 어렸을 때, 네가 주먹을 쥐고 한 바퀴 돌아서 생긴 공간만이 자기 자신을 지킬 수 있는 공간, 자기라는 인간의 크기라고 가르친다. 일본인 고등학교에 가서도 '센 주먹'만이 자기 존재를 인식시켜 주는 유일한 창구 역할을 한다. 일종의 자기 확인 방식인 셈이다. 「청」에서도 조선학교 고등부 3학년생들은 주먹과 칼로 위협하는 거리의 불량배들을 아주 가볍게 때려눕힌다. 교실에서 선생에게 맞고 돌아온 아들을 보고 아버지는 대뜸 "쪽발이에게 맞고 들어오는 거냐"고 묻는다. 선생에게 맞을 순 있어도, 일본 애들한테 맞아선 안 된다는 것이 자이니치 2세의 일반적인 교육방침이란 것을 알 수 있다.

"나는 에일리언도 자이니치도 아니다"

이 같은 폭력과 성격은 다르지만, 엄연히 존재하는 또 다른 폭력을 이들 작품은 놓치지 않고 있는데, 그것은 다름 아닌 조선학교 내부의 폭력, 자존심을 지키기 위한 규율로서의 폭력이다. '우리말 100퍼센트 사용하기 운동'을 벌이고 있는 조선학교에서 일본어를 썼다는 이유로 「GO」의 스기하라는 김 선생으로부터 '민족반역자'라는 말과 함께 무차별적인 폭력을 받는다. 빨간 스카프를 맨 채 열을 지어 행진하던 스기하라는 열과 정반대의 방향으로 걸어가고, 그 길의 끝에는 피가 난무하는 현재의 폭력 현장이 놓여 있다. 이들 영화에서 조선학교가 그다지 긍정적인 모습으로 반영되고 있지 않음을 알 수 있다.

조선학교는 비틀려 묘사되고, 종종 개그화 되기까지 한다. 가령 「GO」에서 스기하라가 싸움을 벌일 때 아무리 맞아도 쓰러지지 않았는데, 알고 보니 「현대조선혁명력사-중급3」이라는 책을 배에 차고 갔기 때문이랄지, 「청」에서 교과서에 실린 김 주석 사진을 덮은 습자지로 땀을 닦는 장면 등이 그것이다. 조선학교에 대한 우회적이지만 강렬한 저항의식을 엿보기란 그리 어렵지 않다.

하지만 이 같은 문제의식들은 철저히 사랑 이야기로 포장된다. 「GO」에서 조금만 심각한 장면이 나올라치면 으레 "이것은 나의 연애 이야기"라는 멘트로 관객을 안심시킨다. 실제로 거칠고 무거운 테마들은 달콤한 사랑 얘기에 알맞게 녹아내리기도 한다. 하지만 망설이고 망설인 끝에 스기하라가 자신이 '자이니치'란 사실을 고

일본고등학교로 진학한 뒤 이지메를 당한 스기하라는 모두를
상대로 싸움을 벌이지만 결국 끌려가고 만다. 사쿠라이가 좋아
한 것은 야수를 닮은 스기하라의 눈이었다.

아버지와의 권투 시합은 재일코리안 1·2세에 대한 3세의 도전
과 대립을 의미한다.

스기하라가 재일코리안이었다는 사실에 사쿠라이는 심한 충격
을 받지만, 그 같은 장벽이 젊은 세대를 좌절시킬 만한 것은 아니
었다. (영화 《GO》 팸플릿에서)

백했을 때, 애인 사쿠라이가 보인 태도는 이 영화에서 연애 이야기가 결코 포장일 수 없다는 것, 자이니치라는 문제가 얼마나 일상 깊숙한 곳에서 문제시되고 있는가를 역설해 보여준다. 사쿠라이는 "무서워!"라면서 스기하라의 손길을 피한다. "한국인이나 중국인과는 사귀지 말라고 아빠가 얘기했다"면서. 그리움의 날들이 지나고 크리스마스 이브, 사쿠라이의 연락을 받고 나간 스기하라가 절규하듯이 토해 내는 대사들, "나는 에일리언도 아니고, 자이니치도 아니다." "나는 나다." 사자 머리를 휘날리는 구보즈

카 요스케의 터프하고 강렬한 연기력이 돋보인 그 길고 긴 절규는 가히 스크린을 압도한다.

'국적'에 관한 자이니치의 고민을 그린 대목들도 주목할 만하다. 「GO」에서 자이니치 2세인 아버지 수길은 하와이에 가고 싶다며, '조선적'을 버리고 '한국국적'을 취득한다. 총련 활동을 열심히 해왔고, 동생 또한 이른바 '귀국운동' 과정에서 북으로 가는 배를 선택해 북쪽에 가 있지만, 아들의 장래를 생각해 국적을 바꾼 것이다. 하지만 아들에겐 선택을 강요하지 않는다. 어느날 바닷가로 아들을 데려가 바다를 함께 바라보면서 그는 말한다. "먼 바다를 네 눈으로 보고 생각하고 판단하라"고.

국적은 생활의 문제

「안녕 김치」는 조선에서 일본으로 국적을 바꾼 경우이다. 하지만 영화는 이 같은 문제를 심각한 톤으로 처리하지 않는다. 주인공의 엄마는 집안 깊숙한 곳에 놓여 있던 아빠의 귀화신청 이유서를 꺼내 읽어 준다. 그곳엔 자잘한 생활상의 이유들과 가족에 대한 이야기들이 적혀 있다. 아들을 쳐다보며, "넌 이런 심정 이해할 수 있겠니?"라고 묻는다. 귀화 문제는 거창한 이념의 문제가 아니라 단지 생활의 일부분에 지나지 않는다는 식이다. 주인공의 누이도 "할아버지가 일본으로 건너와 결혼했고, 아버지는 일본에서 엄마를 만났고, 그래서 우리가 태어날 수 있었던 것 아니냐"며 가볍게 웃어넘긴다. 자기는 "일본이 더 편하다"며 그만 벌렁 드러눕는다. 심각하게 생각할 필요가 없지 않느냐는 투다. 「안녕 김치」의 마지막 장면. 가족들 모두는 각자 자기가 좋아하는 국기를 고른다. 할머니는 '한국' 국기, 엄마 아빠는 '한국' 국기와 '일본' 국기, 미국 사람과 결혼한 이모는 '미국' 국기, 누이동생은 '일본' 국기를 선택한다. 국가와 국기가 지닌 거대담론들이 아주 가볍게 반전되고 만다. 마치 기호식품처럼.

하지만 '이름' 문제에 이르면, 이들의 고민도 그리 간단하지만은 않다. 좀더 철저한 일본인이 되기 위해 자신의 묘비명조차 일본식 이름을 썼던 「안녕 김치」의 할아버지. 그러나 그도 막상 세상을 떠나 화장되는 순간엔 옛 한국 이름을 쓸 수밖에 없었다. 첫 호적에 일본식 이름이 없었기 때문이다.

이름은 세상에서 가장 짧은 '주문(呪文)'

"세상에서 가장 짧은 주문"이 바로 이름(일본 만화 「음양사」 1권)이라는 말도 있지만, 마지막 순간마저 자이니치는 이름에서 결코 자유로울 수 없다. 「안녕 김치」의 주인공은 할아버지 고향 충청도에서 자신의 성인 '마쓰에(松江)'가 창씨개명 당시 본래의 한국 성과 본적인 강릉을 일본식으로 결합한 이름이란 사실을 발견해 낸다. 아무런 연유조차 없을 줄 알았던 자신의 이름이 지닌 그런 역사성을 그는 아주 소중하게 생각한다.

「GO」에서도 스기하라의 뒷이름은 자신이 자이니치라는 사실을 사쿠라이에게 고백할 때에서야 비로소 밝혀진다. "이름이란 무엇일까? 장미라 불리는 꽃을 다른 이름으로 불러도 그 향기는 그대로인데…". 「GO」의 원작소설 첫 페이지에 인용되어 있는 「로미오와 줄리엣」의 구절처럼, 이름은 자이니치의 숙명과도 같은 것일지 모른다.

하지만 이들의 절박한 고민을 한국 사람들은 얼마나 이해하고 있을까. 「안녕 김치」에서 주인공은 한국의 먼 친척을 찾아, 자기가 한국인이면서 일본인이 되면 안 되겠느냐고 묻는다. 그러나 그 같은 물음은 너무도 단호하게 거절된다. 돌아오는 것은 '반쪽발이'라는 손가락질뿐. 자이니치 3세인 그들은 스스로를 한국인도, 일본인도 아니라고 답한다. 「청」에서도, 「GO」에서도 그들은 한결같이 "나는 나"라고 주장한다. 자이니치를 '내셔널리티'라는 관점에서가 아니라, 바로 그들 자신의 존재 조건에서부터 다시 생각해 보게 만드는 좋은 작품들이다.

반(半)쪽발이 반(半)자본주의자

「靑CHONG」감독 리상일

영화의 마지막 부분에서 주인공이 "나는 나다"라고 했는데.

조선학교를 다녔던 고등학교 시절의 자신과 대학에 들어간 뒤
일본 사회에 편입된 나 사이의 갈등의 산물이라 할 수 있다.
둘 다에 속할 수도 있고, 둘 다에 속하지 않을 수도 있다는 의
미로 보면 된다.

**김 주석 사진을 덮어 놓은 습자지에 얼굴을 닦는 장면이나 교실
에서 야구를 하다 김 주석의 사진 액자를 깨뜨리는 장면을 삽입
한 특별한 의도가 있나.**

불량기 있는 조선학교 학생의 영화적 리얼리티에 걸맞은 장면
정도로 생각하면 좋을 것 같다. 사실 개인적으론 영화에서 표
현된 것보다 훨씬 강하게 거부하는 입장이다.

**남북한 사람들이 '재일코리안'을 바라보는 시선에 대해 언급한
다면.**

관심은 별로 없지만 요구는 많다고 생각한다. 한편에선 우리
를 반쪽발이로, 또 다른 한편에선 절반의 자본주의자로 보고

있는 것 같다. 물론 우리를 단지 외국인으로만 바라볼 수 없는 복잡한 심정이 내재해 있다는 것은 인정한다.

조선학교에 대한 지금의 태도는.

조선학교에는 총련 계열의 학생만 다니는 것은 아니다. 중간에 귀화를 한 일본국적 혹은 한국국적의 학생들도 있다. 학교를 다닐 땐 너무 갑갑했고 화도 무척 났다. 하지만 지금은 그냥 웃어넘길 수 있는 정도는 되었다.

「GO」도 그렇지만, 폭력 장면이 많다. 지금도 조선학교 학생들 주먹이 강한가.

일본 땅에서 살아남기 위해 믿을 건 자기 주먹밖에 없다고 여겼던 시절이 있었다. 지금도 강한 친구들은 여전히 강하다. 하지만 예전에 비해 훨씬 약해졌다. 그만큼 차별이 약화되었음을 의미한다고 본다.

재일한국인? 한국계 일본인!

「안녕 김치」 감독 마쓰에 데쓰아키

'자이니치(在日)'의 아이덴티티란 어떤 것인가.

나는 '재일한국인'으로서가 아니라, '한국계 일본인'의 아이덴티티를 찾으려 했다. 물론 아이덴티티는 그리 간단한 문제가 아니다. 영화 속에 등장했던 가족들 모두 생각하는 바가 가지각색이었다. 분명한 해답이 있겠는가.

한국인의 '자이니치' 관에 대해서는 어떻게 생각하는가.

젊은 사람들에게 '반쪽발이'라는 말을 직접 들어본 적은 없다. '자이니치'를 보는 관점도 변하는 것 같다. 하지만 국가(민족)에 관한 의식은 무척 강하다는 생각이 든다. 고바야시의 만화「전쟁론」에서처럼 지나친 민족주의는 위험하다고 본다.

3세들 대부분이 1세나 2세의 아이덴티티에 관심을 갖고 있나.

아이덴티티는 생활 전반에서 늘 끊임없이 제기 받고 있는 문제이다. 그리고 직접 접촉해 왔던 2세보다, 1세들이 가지고 있는 코리아 공동체 의식에 3세들이 관심을 갖는 것은 무척 자연스런 현상이라고 본다.

같은 소재의 영화 「GO」에서 특히 주목할 부분이 있다면.

엔터테인먼트라는 관점에서 특히 잘된 작품이라 본다. 정말 재미있었다. 일본 메이저급 영화 배급사의 주도하에 '자이니치'를 다룬 영화가 전국 100여 개 개봉관에서 상영된다는 것 자체가, '자이니치' 문제가 이미 심각한 사회 문제라기보다 엔터테인먼트화 했다는 것을 보여준다고 생각한다.

얼마 전 파친코 대부격인 한 사람이 귀화하면서, 국가란 공기와 같은 것이라고 했다. '자이니치'에게 귀화가 지니는 의미는.

귀화란 살아가는 수단이란 생각이 든다. 영화 속에서 할아버지는 귀화해서 철저히 일본 사람처럼 살고자 했지만, 자식들이 한국인 이외의 사람들과 결혼하는 것은 엄격히 반대했다. 살아가면서 자이니치들은 '생활'과 '뿌리' 속에서 끊임없이 선택을 강요받는다. 그때마다 항상 정답이 있겠는가. 뿌리와 현실은 서로 연결돼 있긴 하지만, 서로 다를 수밖에 없다고 생각한다.

인터뷰 **신명직**

02 '성찰' 과 '소통' —재일조선인의 안과 밖

양석일 원작 · 최양일 감독 영화 「달은 어디에 떠 있는가」를 중심으로

1. 들어가기

종종 길을 잃을 때가 있다. 내가 지금 어디로 가고 있는지, 어디가 어딘지 전혀 알 수 없을 때가 있다. 그럴 때 길을 물어볼 사람이 곁에 있다면 그것처럼 고마운 일이 있을까. 하지만 아무도 길을 가르쳐 주지 않을 때, 그래서 새롭게 지도를 그려 가며 길을 가야만 한다면 그것만큼 힘들고 고통스런 일도 없을 것이다. 일본에서 살아가는 재일조선인*들 역시 새로운 지형 위에서 지금 길을 헤매고 있다. 세대는 바뀌었고 계층 역시 바뀌었다. 바뀐 환경 하에서 재일조선인들은 지금 자기 자신이 어

---

* '재일한국인' 혹은 '재일코리안' 혹은 '재일동포(교포)' 라고 표기하지 않은 것은, 이 영화와 원작소설의 주체들이 스스로를 '재일조선인' 으로 명명하고 있기 때문이다. 그들 가운데엔 '한국국적' 이나 '일본국적' 을 가진 이들도 있다. 어쩌면 관습적으로(오래된 총련과의 관계 때문에라기보다는 민족 역사 문화의 총체적 개념으로서) '재일조선인' 이라고 쓰고 있는지도 모른다. '재일코리안' 으로 정정하고 싶었지만 이 글에선 '재일조선인' 이라는 표현을 그대로 사용하기로 했다.

영화 「달은 어디에 떠 있는가」의 자켓 앞표지.

디에 있는지 새롭게 묻기 시작했다. 어디로 가야 하는지 어리둥절해하면서, 새로운 '길 찾기'에 부심하고 있다.

양석일 원작소설의 영화 「달은 어디에 떠 있는가」*는 이들 재일조선인 2세가 처한 고민을, 한 명의 택시 노동자를 통해 그려 나가고 있다. 황량한 도쿄 한복판을 달리는 택시노동자 충남은 도쿄에

*「月はどっちに出ている(달은 어디에 떠 있는가)」, 감독 최양일(崔洋一), 1993년(東京) 제작

서 이른바 '가치구미(勝ち組: 승자)'에서부터 '마케구미(負け組: 패자)'에 이르기까지 다양한 삶과 만난다. 재일조선인과 일본인뿐만 아니라, 먹고살기 위해 새롭게 일본으로 이주해 온 필리핀인 '코니' 혹은 불법체류 이란인 택시 정비기사도 만난다. 택시회사 사장으로 성공한 재일조선인 2세와도 만나고, 가족과 헤어진 채 몸과 정신이 모두 망가진 권투선수 출신의 일본인 택시기사와도 만난다. 이제는 번듯한 가라오케 바를 세운 자신의 어머니와는 종종 맞서기도 하

고, 사채금융업자인 같은 조선학교 출신의 동창생을 때려눕히기도 한다.

'핍박받는 재일조선인'과 '차별하는 일본인'만이 존재했을 때는 오히려 행복했을 수도 있다. 주먹을 불끈 쥔 채 울분에 가득 찬 표정만 지어 대면, 아이덴티티 문제는 간단히 해결되던 때도 있었다. 하지만 이제 그 같은 일은 불가능해졌다. 대적해야 할 상대는 물론, 같은 대오라고 생각했던 사람들마저 대체 어디가 '아방'이고 어디가 '타방'인지 분간하기 힘들어졌기 때문이다.

충남은 '달'이 떠 있는 곳을 따라 길을 찾아 나섰고, 그런 의미에서 영화는 일종의 재일 이주자 혹은 정주자의 '로드맵 만들기'라고도 할 수 있다. 그것은 늘 '포지티브'하기만 했던 재일조선인 사회 내부에 대한 깊은 '성찰'을 통해, 아울러 일본 사회 내부의 또 다른 마이너리티들과의 '소통'을 통해 비로소 가능한 것이었다.

2. 성찰―재일조선인의 내부: 조선학교 동창생 '세 친구'의 경우

양석일 원작소설과 영화는 '재일조선인' 사회 내부를 '제사'와 '결혼식'을 통해 각각 접근해 들어간다. 재일조선인 사회의 다양한 인물군이 함께 모여드는 때이기 때문이다. '소설'에서는 재일조선인 사회 내부를 단지 '남과 북의 대립'만으로 묘사한다. 사채금융업자도 등장하고 귀화한 사업가도 등장하지만, 결국 모든 문제의 원인은 '남과 북의 대립' 때문인 것으로 그려지고 만다.

그렇지만 영화에서는 모든 것을 '남과 북의 대립'으로 환원시키지 않는다. 총련과 민단이 나오고, 북으로 귀환한(북송된) 가족도 나오지만, 오히려 이 같은 논리는 희화화될 뿐이다. 영화는 조선학교 출신의 동창생 '세 친구'를 통해 변모된 재일조선인 사회 내부를 성찰해 간다.

소설 「택시 광조곡」의 저자 양석일 씨(왼쪽)와 영화 「달은 어디에 떠 있는가」의 최양일 감독(오른쪽). 영화 「피와 뼈(血と骨」 팸플릿에서.

고리대금업자(광수)와 택시회사 사장(세일)　영화에서 같은 조선학교를 나온 광수와 세일은, 역시 같은 학교 출신 동창생의 결혼식장에서 첩보영화 주인공들처럼 그럴듯한 재회를 한다. 광수는 재일조선인 금융업자로 소개된다. 하지만 사실상 사금융업(고리대금업)이라는 먹이사슬의 맨 아래쪽에 위치한 존재라 할 수 있다. 그런 그가 택시회사 사장 세일과 결혼식장에서 다시 만나게 된 것은 세일이 늘 품고 있던 꿈 때문이다.

세일은 다른 재일조선인 사업가들이 늘상 해 오던 '파친코업'이나 '불고기집' 같은 사업이 아니라, 좀더 그럴듯한 사업 그러니까 골프장과 2천 명 정도를 수용할 수 있는 호텔을 짓고 싶어 했다. 광수의 허풍 섞인 표현을 빌리자면 '새로운 스타일의 재일조선인 청년실업가'가 세일의 꿈이라고 할 수 있다.

일본 사회에서 그 같은 세일의 꿈이 이뤄지기란 결코 만만치 않다. 일본 은행의 융자는 거의 일본인에게 한정되어 있고, 이른바 '민족금융기관'이라고 해 봐야 조선학교를 팔아 현금을 만드는 식의 속 빈 강정이기 때문이다. 결국 세일이 손을 내민 곳은 일본 우익과 야쿠자가 개입된 지하금융이다.

세일	요즘 은행에서 말이 많아. 잘해도 일본 사람한테 돈이 돌아가잖아. 민족금융이라고 해 봐야 속이 텅 비었어. 내부가 엉망진창이야. 학교 팔아서 현금 만드는 식이지 뭐. 검은 돈… 음… 그 친구라면 할 수 있지.
광수	응… 곤노가 골프장에 손을 댔어. 스키용품 디스카운트 매장. (중략)
세일	18억을 만들 수 있어? 그거 이자만으로도 지옥이야.
광수	(중략) 우익 계통의 회장이 도와줄 거야.
세일	우익이랑 조선사람이 잘될까? [영화 6분경]*

처음부터 예견된 것이었지만 재일조선인 사채업자 '아라이 광수'는 부도를 내고 나자빠졌고, 세일의 택시회사에 들이닥친 것은 야쿠자를 앞세운 곤노 일당이었다. 울며 겨자 먹기 식으로 15억

* '이 이야기는 사실에 기초한 픽션이다'라는 자막 이후 경과된 시간, 이후 동일.

엔짜리 차용증서를 쓴 세일은 매일매일 기사들이 벌어온 돈으로 이
자를 갚느라 헉헉댔고, 택시회사엔 늘 야쿠자들이 상주했다. 참다못
한 세일은 택시회사 사무실에 불을 질렀고, 불을 끄려는 야쿠자들과
택시기사들은 한데 어울려 한바탕의 난장과도 같은 소란을 피운다.

여기에서 주목해야만 할 것은 재일조선인 사채업자 '아라이 광
수'라는 존재다. 원작소설 「택시 광조곡(狂躁曲)」*에서 야쿠자 곤노

*양석일(梁石日), 「タクシ狂躁曲
(택시 광조곡)」, ちくま文庫,
1987년(원작 「狂躁曲」은 ちくま
書房에서 1981년 출간).

는 직접 택시회사 노동자들을 갈취하는
존재로 묘사되지만, 영화에서 '일본인
야쿠자' 곤노는 '재일조선인 사채업자'
광수를 매개로 택시회사 수익금을 가로

채는 것으로 나온다. 영화 속의 '재일조선인' 광수는 그동안의 '수
난 받는 재일조선인 상'에서 비켜서 있다.

재일조선인 사채업자가 종종 '우익'이나 '야쿠자'와 연계되었던
것은 물론, 재일조선인들이 정상적인 방식으로 살아갈 수 없었던
역사적 경험을 반영한 것임에 틀림없다. 그렇다고 해서 '광수'의 이
미지에서 '긍정적 면모'를 찾아보기란 어렵다.

이는 '광수'에 해당하는 원작소설 「택시 광조곡」의 청년 사채금
융업자 '한성형'과 비교해 보면 보다 분명해진다. 소설 속에서 한
성형은 총련의 '육전협(六全協)'에서의 노선전환' 충격(소설 60쪽)으
로 좌절한 나머지, "자본주의적으로 돈을 벌어서 사회주의적으로
투자한다"는 논리에 충실한 사채금융업자로 묘사된다. 한성형은
비록 사채업에 종사하는 인물이긴 하지만, 식민지 시기 일본군이었

던 일본인의 무용담에 끼어들어
어 그들을 훈계하기도 하고,
외국인 등록증을 요구하며 일
본인 편을 드는 경찰을 향해
서는 '재일조선인의 존재 의
의'와 '법의 정신'에 대해 한
바탕 연설을 늘어놓는다. 인
분을 얼굴과 몸에 바른 뒤 경
찰서 책상과 의자에 발라 대
는 투사형 인물로도 묘사된
다. '사채업자 한성형'보다
'핍박받는 재일조선인상'이

보다 강조된 셈이다.

소설 「택시광조곡」 표지

소설 속의 '한성형'은 영화 속의 '아라이 광수'로 변모되면서,
'재일조선인'으로서의 속성보다는 야쿠자를 등에 업고 중소사업가
의 피를 말리는 '사채업자'로서의 면모가 보다 전면에 드러나기 시
작한다. 재일조선인의 두꺼운 겉옷을 한 꺼풀 벗은 셈이다.

고리대금업자(광수)와 택시 노동자(충남) 광수에 대한 비판은 세일이 운영
하는 택시회사 노동자 강충남에 의해 보다 강도 높게 진행된다. 이
를테면 택시회사 노동자인 '충남'에게 동창생으로서의 정리를 생각

해 함께 일해 보지 않겠느냐고 광수는 제안하지만, '충남'이 보기 좋게 거절하는 대목 등이 특히 그러하다.

광수   너 나한테 안 올래? 월급 많이 줄게.

충남   (일본인 택시기사들과 주사위노름을 하면서) 고리대금업은 아주 싫어하지.

광수   우리 재일조선인은 말이야. 일본에 있는 한 돈 많이 벌 수가 없어. 한 사람 한 사람이 힘을 키워… 단결해야만 한다구.

충남   연설은 그만두시지.

광수   조선인(조센징)은 자기희생 정신이 결핍됐어. 난 말이야. 고리대금업으로 돈 벌어도… 언젠가는 번 돈으로 조국통일에 공헌할 거야. 조선사람은 자기하고 자기 친척 돈 버는 것밖에 모른단 말이야. 아무튼 자본주의가 병폐지. 남북 분단의 비극을 깨고, 민족의 힘을 모아 나라를 잘 만들어야 한다구. 난 말이야. 무일푼이라도 좋아. 진짜라구….

충남   그거 돈에서 성병 옮아 갖고 눈물 흘린 사람 대사구먼….

광수   이거 완전히 민족반역자잖아. (일본인 동료 택시기사들 키득키득 웃는다.) [영화 36분경]

광수가 주장하는 '민족 단결' 논리나 '조국통일 공헌론' 등은 더 이상 설득력을 갖지 못한다. 더 이상 '성스러운 울림'을 갖지 못하는 것이다. 또 다른 광수의 대사 역시 마찬가지다.

이를테면 세일로 하여금 골프장 건설 자금을 잔뜩 빌리게 한 뒤, 부도를 내고 잠적한 다음, 야쿠자 곤노와 함께 택시회사 사무실에 나타나서는, "자본주의란 게 돈으로 움직이는 거잖아. 그때까지 북에 돌아간 셈 치라"고 한다든가, 우익계 히노마루 회장 지원은 어떻게 된 거냐는 세일의 질문에 "당한 거야. 민족 차별이란 거 참 뿌리 깊은 거더라"는 식의 대답은, '민족차별론'의 허망한 일면만을 일깨워 줄 뿐이다.

고리대금업으로 회사를 무너뜨리고, 그렇게 장악한 회사에 야쿠자를 투입해 긁어모은 돈으로 조국통일에 기여한다는 허망한 논리, 자기 때문에 회사를 잃게 됐지만 그것도 북한에 기부한 셈 치라는 총련계 고리대금업자의 발상은, 충남의 반발을 받기에 충분하다. "재일조선인 금융원, 아라이 광수 군 아닌가. 조국통일의 목소리가 당신을 부르고 있는데, 빨리 벤츠타고 달려가야지"라면서, 충남은 광수의 턱을 자신의 이마로 들이받는다.

동창생이지만 택시회사 사장과 종업원으로서 한 배를 탄 '세일'과 '충남'은 '야쿠자'와 커넥션을 맺고 택시회사를 집어삼키려는 사채금융업자 '광수'와 대립각을 세운다. 영화는 '재일조선인'들을 더 이상 동일 범주 안에 위치 지워 모두를 동일시할 수 없음을 시사하고 있다. 재일조선인 내부의 '중층성'이 확인되는 지점이기도 하다.

그런데 여기서 한 가지 주목해야만 할 것은, '광수'를 바라보는 '충남'의 시선이다. 그의 시선은, 포악한 고리대금업자인 자기 아버지를 바라보는 원작소설 속 주인공의 시선과 일치하기 때문이다.

말년에 고리대금업을 했고, 자신의 아들조차 고리대금업의 대상에서 예외가 아니었던 소설 속 주인공의 아버지는 실제로 '무시무시한 폭력'의 소유자로, 자신의 폭력을 기반으로 '고리대금업'을 번창시켜 간다. 그런 의미에서 '야쿠자의 폭력'을 등에 업고 세일의 택시회사와 같은 중소업체를 노리는 '고리대금업자' 광수와 소설 속 주인공의 아버지는 동일 범주 속의 인물이라 할 수 있다.

소설 속 주인공 아버지의 '폭력'은 자신의 아내와 아이들을 향해서도 무차별적으로 진행되었다. 그들은 매일 밤 등화관제를 한 채 아버지의 폭력에 대비해야만 했다(소설 141쪽). 한번은 자기 아버지의 폭력에 견디다 못한 주인공의 누이가 아버지에게 '당신이 누구냐'고 물었다가 초주검이 되도록 몰매를 맞은 적도 있다.[*]

주인공 '아버지'의 폭력은 고리대금업이라는 '자본'의 폭력과 일상화된 '물리적 폭력'이 재일조선인 사회 내부에 얼마나 깊게 뿌리내리고 있는가를 보여준다. 주인공 아버지의 폭력에 대한 분노가 투영된 '광수'에의 분노는, '일본인의 폭력(혹은 차별)'에 감춰진 채 계속되어 온 재일조선인 사회의 '내부 폭력'에 대한 일종의 자기성찰이자 고백인 셈이다.

[*] 양석일의 또 다른 소설 「血と骨(피와 뼈)」는 역시 최양일에 의해 영화화되었는데, 그 영화에서 주인공의 누이는 '당신이 누구냐'는 질문을 한 뒤 폭력에 견디다 못해 음독자살을 기도하는 것으로 그려진다. 그들의 아버지는 죽음을 앞둔 시점에서, 고리대금업으로 벌어들인 모든 돈을 북쪽에 기증하고 북으로 돌아가 죽음을 맞는다. "자본주의식(고리대금업)으로 벌어 사회주의식(조국통일을 위해?)으로 쓴다"는 '광수'를 연상케 하는 대목이다.

택시노동자(충남)와 택시회사 사장(세일) 강충남은 '가네다 택시' 회사의 노동자이다. 재일조선인 2세인 그는, 엄밀히 말해 '정주 외국인 택시노동자'라 할 수 있다. '이주 외국인 노동자'라고 부르지 않는 것은 그를 포함한 재일조선인 2세 대부분이 '특별영주권'을 갖고 있기 때문이다. 식민지 시기 일본으로 이주해 왔던 그들의 부모 혹은 할아버지 세대는, 해방 후(일본의 패전 이후) 일본국적을 상실하고 추방정책에 시달렸으나 끈질긴 투쟁을 통해 '정주권'을 얻어 낼 수 있었다.

영화 속의 택시노동자 강충남의 노동은 그렇게 힘들어 보이지 않는다. 하지만 원작소설 속의 택시노동자 양정웅은 무척 지쳐 있다. 원작소설이 쓰였던 1970년대와 영화가 제작되었던 1990년대의 차이 때문일지도 모른다. 양정웅은 자신을 가리켜 '해저에 사는 심해어'라고 설명한다. "최저변에 서식하고 있는 생물에게 계절은 관계가 없"듯(소설 219쪽), '해저에 사는 심해어'와도 같은 택시노동자인 자신에게 계절의 변화란 아무 의미도 없다는 것이다. "하루의 노동이 끝나면 이틀이 지나 있는"(소설 227쪽) 택시노동자의 삶은 따라서 다른 사람의 두 배의 인생인지 아니면 절반의 인생인지를 그는 묻기도 한다.

영화 속에서 '충남'과 '세일'은 조선학교 동창이지만, '고용주'와 '고용자'의 관계이기도 하다. 어정쩡한 이들의 관계는 동창생의 결혼식 피로연석에서도 찾아볼 수 있다. '충남'이 '세일'에게 "담배 한 대 주라"고 말을 건네자, '세일'은 "말투 좀 고치라"며 핀잔을 놓는다. '충남'이 "오늘은 동창생으로 참석한 거 아니냐"며 토를 달기긴 하지만, '고용주'와 '고용자'의 관계가 그들 둘 사이의 관계를 끊임없이 지배하고 있음을 부인하긴 힘들다.

세일 (광수와의 전화) 조선인의 혼 말이지? 그래. 월말? 될까? 모자라도 돼? 지금 살 때라는 건 나도 알고 있어. 널 믿잖아.

세일 (충남에게) 노르마(할당량) 정도는 해 줘야지. 하루에 200킬로 정도 말이야. 다른 데하곤 천지차야.

충남 전화 한 번에 억을 버는 거 하구, 택시 몰아서 한 달에 40만 버는 거하고는 천지차지.

세일 뛰는 만큼 버는 거야. 우는 소리 말고 뛰기나 해. 눈물이 날 정도로 달리란 말야.

충남 (옆의 동료를 보고) 어이, 달려. (제자리뛰기를 계속 하면서) 혼난단 말야. 달려…. 이제 됐습니까? [영화 20분경]

'충남'이 한 달 동안 택시노동으로 힘겹게 버는 돈의 수십 수백 배에 달하는 돈을, '세일'은 단지 전화 한 통으로 해결한다. 조선학교 동창생 '광수'로부터 돈을 빌려 '야쿠자'에게 덜미를 잡히게 된 것도 '세일'의 이 같은 일확천금을 노리는 태도 때문이라 할 수 있다.

하지만 '세일'을 향한 비난은 본격화되기보다 대부분 부드러운 코미디로 은근하게 처리되는 편이다. 열심히 달리기만 하라는 '자본가'의 주문을 비꼬듯, '충남'은 동료들에게 열심히 제자리뛰기라도 보여주자며 농을 건넨다. 둘 사이의 대립관계는 코믹한 제스처로 위장되지만, 비난은 '충남'의 바지주머니를 뚫고 비어져 나오고만다.

광수의 부도로 회사가 어려운 처지에, 택시회사 종업원들이 택시를 담보로 한 온천 여행을 그것도 게이샤까지 부른 호화 여행을 감행하였을 때도 마찬가지다. '세일'이 온천지의 여관까지 찾아와 모든 계산을 마치고 택시 키를 건네받은 뒤, '충남'에게 나지막이 "같은 조선인으로서 도와주는 게 도리 아니냐"고 나무란다. 하지만 충남은 "난 가난한 종업원일 뿐"이라며 슬그머니 꽁무니를 뺀다. '같은 조선인' 의식 혹은 '사장 대 종업원'이라는 복잡한 아이덴티티는 경쾌하고 빠른 재즈 음악과 함께, 사장과 종업원 사이의 잡고 잡히는 술래잡기 게임 속으로 녹아든다.

반드시 노동자 '충남'과 자본가 '세일'의 대립구도만이 강조되는 것도 아니다. '광수'가 '세일'의 회사에 야쿠자와 함께 쳐들어왔을 때, '충남'은 '광수'의 턱을 자신의 이마로 들이받기도 한다. '조선학교 동창생'이라는 '민족성'이 모든 '계층적 관계'를 해결해 주지는 않는다.

동일한 '내셔널리티'로 치환되지 못한 채, 이들 3인의 관계는 다종다양한 아이덴티티로 분화되고 만다. 이들의 아이덴티티란 아주 '중층적'이어서, '민족적 이데올로기'라는 이분법만으로 쉽게 재단될 수 있을 것 같지 않다.

3. 소통 — 재일조선인의 외부

재일조선인 가라오케 바 주인(마마)과 재일필리핀인 종업원(코니) '충남' 의 어머니는 가라오케 바를 운영한다. '마마' 로 불리는 그녀의 가게엔 재일필리핀인 여성 종업원들이 몇 있는데, 어느 날 그녀의 가게에 이들 필리핀인 종업원의 대표 격으로 '코니' 라는 여성이 들어온다. '마마' 는 10살 때 일본으로 건너와 온갖 고생과 수모를 겪으면서 지금의 가게를 일구었다. 그러니까 '마마' 는 유흥업에 종사하는 1세대 이주(외국인)노동자이고, '코니' 등은 그 다음 세대 유흥업 종사 이주노동자인 셈이다. 식민지 시기 일본으로 건너왔기 때문에 '마마' 는 '특별영주권' 을 갖고 있지만, '코니' 등은 정주 상태가 늘 불안정하다. 둘 다 일본인이 아니라는 점에서는 동일하지만, 한쪽은 자립한 '정주 외국인 사장' 이고, 다른 한쪽은 여전히 불안정한 생활을 유지해야만 하는 '이주 외국인 종업원' 이다.

'마마' 는 '코니' 를 비롯한 필리핀 출신 종업원들에게 일본에 왔으면 빨리빨리 일본 스타일에 적응하라면서 "손님하구 이야기만 하지 말고, 술을 팍팍 돌려라" 고 주문한다. "일본은 세계의 신사의 나라" 이기 때문에 문제없다면서, "술을 많이 팔면 가게가 돈을 벌고, 가게가 돈을 벌면, 너희들 급료가 올라간다" 고 역설한다. "돈이 있으면, 고향에 집이 생기고, 가족이 좋아하는 법" 이라며, "그러니까 조금 만졌다구… 소동피울 일 없다"(영화 22분경)는 것이 마마의 일관된 주장이다.

일본인과 재일조선인은 동격이지만, 이들과 재일필리핀인은 다른 존재라고 '마마'는 인식하고 있다. 하지만 '세계의 신사의 나라' 인 일본 사람들과 동격인 '재일조선인 마마'의 말만 잘 들으면, '재일필리핀인'도 행복해질 수 있다고 그녀는 생각한다. 따라서 '재일필리핀인'이 '돈'을 많이 벌기 위해선, 필리핀인과 조선인의 경계를 넘어서야만 한다고 '마마'는 주장한다.

마마   지금이야말로 국경을 넘어, 민족을 넘어, 우리들은 서로 손을 잡아야 한다구. 좀더 대국적이 되어서… 헌신적으로 일하는 거야. 영업, 노력, 영업, 노력만이 세계를 구하는 거야. 그러니까 우리는 가족이야. 나를 진짜 마마라고 생각하고… 더더욱 노력하자구.

코니   아무리 그렇게 얘기해도… 우리는 그냥 돈 벌러 온 것뿐이라구요.

마마   동남아 여자는 그래서 안 돼. 필리핀인, 타이인, 말레이시아인, 타이완인, 중국… 중국인은 제일 신용할 수 없지.

코니   조선은 동남아시아하고 다른가?

마마   조선은 동아시아야.

코니   뭐 어쩔 수 없지. 코니는 마마와 함께 힘을 합쳐 노력할 테니까, 마마도 열심히 힘을 내. 그래서 세계를 구해야지. 마마… 숏타임도 외박도 모두 상관없는 거지. 난 그냥 여기서 가게나 지킬 테니까. [영화 53~54분경]

'국경과 민족'을 넘어 '세계를 구하자'는 논리는 사실 일찍이 '대동아공영권'을 주창해 온 일본이 외쳤던 슬로건이다. '재일조선인 마마'가 그와 유사한 주장을 하고 있는 셈이다. 최근 아시아 곳곳에 직간접투자를 하고 있는 한국의 기업가 혹은 한국 내에서 이주노동자들을 고용해 기업을 운영하는 한국 기업가들의 주장과도 아주 유사하다. 한국의 기업가들이 '아시아·세계 경영'을 외치게 된 것과 마찬가지로, 구 식민지 출신의 재일조선인(조선인 이주노동자 출신) 역시 동남아시아에서 이주해 온 이들을 고용하는 상황에 이르렀기 때문이다.

'코니'는 자신이 일본에 온 것은 '세계를 구하기 위해'서가 아니라 '돈 벌러 온 것일 뿐'이라고 반박한다. '세계를 구해야겠다'고 생각한다면 '마마' 혼자 열심히 하지, 자신들을 '외박'과 같은 덫으로 밀어 넣지 말라고 주문한다.

예상치 못한 반박에 '마마'는 자신의 본모습(本音)을 드러내고 만다. '국경과 민족'을 넘어 세계를 함께 구하자던 태도에서 일변, 동남아시아인에 대한 차별적 발언으로 일관하기 시작한 것이다. 조선은 중국을 포함한 '동남아시아'와 달리 '동아시아'에 속한다는 주장까지 등장한다. 이때의 '동아시아'란 아마도 '일본과 조선'만을 의미하는 것임에 분명하다.

동남아시아 출신에 대한 차별적 발언은, 그녀의 아들 충남과 '코니'가 사랑에 빠지자 그 강도를 더해 간다. '코니'가 '충남'에게 '마마'와 '자기' 중에서 누굴 고를 거냐고 묻자, 마침내 그녀는 "빨리 냉큼 필리핀으로 꺼져"라는 말까지 해 버리고 만다. 불과 십 수 년 전만 해도 재일조선인이 일본인으로부터 들었던 치욕스런 욕설 '조선으로 꺼져' 그대로이다.

'마마'는 그들의 결혼에 절대 반대였다. 한번은 북으로 간 형제들에게 보낼 선물상자를 꾸리면서, 정작 공화국(북)으로 보내고 싶은 것은 '너 충남'이라고 마마는 말한다. 필리핀 여자와 결혼하려는 것은 "형들(민족을 택한)한테 부끄러운 짓"이라고까지 말한다. 충남은 "일본인은 안 돼. 필리핀 사람도 안 돼. 제주도는 안 돼. 민단도 안 돼. 그럼 난 누구하고 결혼해야 하느냐"고 반문해 보지만(영화 44분경), '민족적 순결성'을 지키려는 '마마'의 결심은 흔들림이 없다.

'코니'로부터 아들을 보호해 그를 '민족과 국경'의 범주 안에 놓아두려는 '마마'는, '코니'에게 "피는 물보다 진한 법"이라고 점잖게 충고한다. 하지만 '국경과 민족'을 넘어 세계를 구하자며 늘상 '영업과 노력'을 강조해 오던 '마담'에게 '코니'는 혹시 "돈이 물보다 더 진한 것 아니냐"고 반문한다(영화 1시간 4분경).

'돈의 논리'와 '피의 논리'는 물론 '마마'에게 공존하고 있다. '민족과 국경'을 넘어 세계를 구하자는 '마마'의 논리 한쪽엔 아주 집요한 '피의 논리'가 숨겨져 있음을 부인하기 어렵다. '글로벌화' 특히 '위(자본)로부터의 글로벌화'란 그다지 단순하고 순결한 것이 아니다.

이 같은 논리는 택시회사 사장인 세일과 그 회사에 근무하던 이란인 정비사 '핫삼'의 대화에서도 엿볼 수 있다. '재일 정주 조선인 사장'과 '재일 이주 이란인 노동자' 사이의 관계란 점에서 '마마'와 '코니'의 관계와 다를 바 없다. 불법체류 이란인 정비사는 무면허로 택시운전을 하다 경찰에 붙들리게 되는데, 그 과정에서 그는 경찰에 폭행을 가한다. 그로 인해 불이익을 받은 택시회사 사장은 일본인 택시노동자 안보에게 핫삼에 관한 욕설을 퍼붓는다.

> 사장   이 배은망덕한 놈. 이란 놈은 다 쓸어 버려.
> 안보   저도 그렇게 생각합니다.
> 사장   불법체류 외국인은 모두 쫓아내야 돼.
> 안보   저도 그렇게 생각합니다.
> 사장   모두 자기 나라로 돌아가라고 해.
> 안보   저도 그렇게…. (문득 말을 멈추고 잇지 못한다.)
> 사장   (잠시 생각하다가) 에라이…! (뭔가를 하나 집어던진다.)
> 경리부장 사장님, 바쁘신 중에 죄송하지만, 방금 은행에서 연락이 왔는데, 아라이(광수) 씨가 부도를 내고 도망간 것 같습니다. [영화 48분경]

이란인 '이주노동자' 핫삼을 부정하는 것은, 결국 '정주 외국인'인 자기 자신을 부정하는 것과 같다는 것을 사장 자신이 깨닫는 과정이다. 반면 '피(민족)의 논리'에 근거해 함께 일을 도모했던 재일 조선인 사채금융업자 '아라이 광수'로부터는 동시에 배신을 당한다. '민족'의 논리나 '자본'의 논리 어느 한쪽만으로 재일조선인 택시회사 사장 '세일'의 현재를 설명할 수 없다.

아무튼 이주 외국인 노동자 '코니'와 정주 외국인 사장 '마마'는 끝내 '의사소통'을 이루어내지 못한다. '아류 일본인' 혹은 '글로벌 자본가의 흉내'를 내면서도 재일조선인의 '순결성'만을 강조해 온 마마가 또 다른 '재일 이주 외국인'과 소통하지 못하는 것은 어쩌면 당연한 것인지 모른다. 영화는 그러한 '마마'를 통해, 보통의 재일조선인 사회가 왜 고립되어 있는지 그리고 그들이 외부와 소통하기 위해선 어떻게 해야만 하는지를 일러준다.

재일조선인 택시기사(충남)와 재일필리핀인 종업원(코니) 재일조선인 택시기사 '다다오(忠南)'가 '코니'를 처음 만난 것은, 그의 어머니가 운영하는 가라오케 바에까지 '코니'와 그 일행을 태워다 주면서였다. '코니'는 처음 '다다오'를 만나고선 '모우가리맛카(많이 벌었느냐)'라고 묻는다. 어리둥절해하는 '다다오'에게 그녀는 오사카 사투리*로 '보치보치덴나(그저 그렇다)'라고 답해야 한다고 일러준다. 이 인사법은 이후에도 몇 차례 반복된다. 둘 사이의 사랑이 팍팍하고 힘들게 살아가는 사람들끼리의 사랑임을 암시해 주는 대목이다.

충남은 진지하긴 하지만 '코니'에 대해 처음부터 진지했던 것은 아니다. 약간은 날라리 끼를 가

* 처음에 필자가 이 말을 들었을 때, 일본어 오사카 방언이 아니라 필리핀어일 거라고 생각했다. 외국인에게 '방언'은 또 다른 외국어다.

진 인물로 충남은 그려진다. 그는 조선학교 동창생의 결혼식 피로연에서 남쪽(민단)과 북쪽(총련) 여성에게 각각 접근해 보지만, 어설프고 노골적인 접근 탓인지 양쪽 모두로부터 딱지를 맞는다. 그러고 나서 접근한 것이 '코니'다. 따라서 애초 '코니'에게 접근하는 그의 태도는 그다지 진지하지 않았고 다소 불량스럽기까지 했다.

마마   (가라오케 바에서) 난 말이야. 너희들의 대선배야. 난 너희들의 본보기야. 내가 얘기하는 대로 하면 틀림없어. 코니 통역해.

코니   마마의 인생은 실패의 연속이었어. 자기를 보고 따라하지만 않으면 행복해질 거래.

다다오   (패밀리 레스토랑으로 옮겨) 그러니까 일본에 있는 너희들의 입장은 부당하다고 생각해. 너희들은 소외되고 있어. 나… 니 입장 잘 알 것 같애.

코니   지금 나 꼬시는 거야? (중략)

다다오   어머니도 지금의 코니처럼 먹고 살기 위해서, 가족을 위해서 일본에 왔었어. (중략)

코니   옛날은 어떤지 모르지만, 지금은 부자잖아.

다다오   어머니는 나름대로 고생했어. (중략) 나, 30살 넘어서 이런 거 얘기하는 거 창피하지만, 사랑에 굶주려 있어. [영화 23분경]

다다오(충남)와 코니의 사랑을 '매개'하고 있는 것은, 한때 이주노동자였지만 지금은 가라오케 바 사장인 마마와, 현재 그 가라오

케 바에서 일하고 있는 이주노동자 코니 사이의 '갈등' 이다. '마마'
는 자신이 돈도 벌고 가게도 장만한 성공한 이주노동자인 만큼 자
신을 본보기로 삼으면 된다고 말하지만, '코니' 는 동료 필리핀 종업
원에게 마마는 가장 실패한 이주노동자라고 통역해 버린다. '마마'
와 '코니' 의 갈등은 점차 증폭되고, 그들 사이의 갈등의 크기만큼
'다다오' 와 '코니' 의 사랑도 무르익어 간다.

'다다오' 는 '마마' 역시 '코니' 와 마찬가지로 일본에 건너와 온
갖 고생을 다한 '이주노동자' 혹은 고통 받는 '재일조선인' 이었음
을 상기시킨다. 하지만 '코니' 는 지금의 '마마' 란 더 이상 고통받는
'이주노동자' 도 차별받는 '재일조선인' 도 아니라고 말한다. '다다
오' 가 재일조선인의 '과거' 에 초점을 맞춰 설명하고 있다면, '코니'
는 변모된 '현재' 의 재일조선인상에 그 초점을 맞추고 있는 셈이다.
'코니' 는 끊임없이 '마마' 와의 '소통' 을 꾀해 주려는 '다다오' 에게
고마움을 느끼기 시작했고, 그것은 점차 '사랑' 으로 발전해 갔다.

'마마' 와 달리 '다다오' 와 '코니' 가 쉽게 소통할 수 있었던 것은,
'다다오' 가 일본 사회 내부의 먹이사슬 맨 아래쪽에 해당하는 택시
노동자였기 때문일지 모른다. 가라오케 바의 필리핀인 종업원과 택
시노동자라는 서로의 '존재' 가 그들을 '사랑' 으로 이끌어 갔음에
틀림없다.

다다오   (짐 싸는 코니를 향해) 리잘 공원에서 보는 마닐라만의 석양은
         정말 멋지겠지?

코니   가라오케 바 할 거야? 그리고 집도 짓자구. (다다오 끄덕인다.)

코니   가족도 부르고…. (다다오 끄덕인다.)

코니   죽을 때까지 필리핀에서 살 거지? (다다오 끄덕인다.)

코니   이번 거짓말은 내 마음을 좀 움직였어.

다다오   진짜라니까.

코니   난 이제 믿지 않아.

다다오   사랑해, 코니.

코니   그 얘긴 이제 아주 귀에 못이 박였어. [영화 1시간 23분경]

다다오   어… 어떻게 우연히 만났네. 어디 가? 태워 줄까?

코니   당신이 한 얄은 수작이었구먼.

다다오   쓸쓸했어, 코니.

코니   김밥 옆구리 터지는 소리 하고 있네.

다다오   널 이해할 수 있는 건 나뿐이야…. 잘 들어, 코니. 옛날에 큰
       전쟁이 있었거든….

코니   당신이 하는 거짓말은 이제 더 듣기 싫어.

다다오   (운전대를 잡으며) 어디로 모실까요?

코니   필리핀 마닐라까지.

다다오   늘 애용해 주셔서 감사합니다. 전 택시운전수 '가〔강(姜)의 일
       본식 한자음〕'입니다. [영화 1시간 42분경]

다다오는 코니가 다니는 성당 밖에서 필리핀인을 위한 미사가 끝

나길 기다린 뒤 함께 돌아가는 길에 코니에게 필리핀어로 '마하르키타(사랑해)'라고 말한다. 일본어도 조선어도 아닌 필리핀어로 사랑을 고백하는 것은, 코니의 언어로 코니를 이해하겠다는 뜻이 된다. 제3의 언어로 또 다른 제3의 마이너리티와 소통을 시작한 셈이다.

코니는 다다오와 함께 필리핀에 가서 살길 원한다. 코니에겐 '귀환'이지만, 다다오에겐 '또 다른 이주'라 할 수 있다. 가지 못하겠다는 다다오와 한바탕 다투고 난 뒤, 코니는 짐을 꾸리기 시작한다. 다다오는 그런 코니에게 필리핀에 가서 가라오케 바도 하고, 가족도 불러, 죽을 때까지 필리핀에서 살겠다고 약속하지만, 코니는 더이상 다다오를 믿지 않는다. 자기 자신도 돌아가지 못하는 고향 필리핀으로, 그것도 '정주 재일조선인'과 함께 돌아간다는 것이 얼마나 힘들고 또한 비현실적인 '꿈'인지 코니 자신이 너무도 잘 알고 있기 때문이다.

다다오는 코니를 새로운 가라오케 바까지 바래다주었다. 그 가게로 들어가려는 코니에게, 다다오는 그녀한테서 처음 들었던 오사카 사투리의 일본어 '모우가리맛카(많이 벌었어)'라는 말을 흉내 내 본다. 옛 생각에 잠긴 듯 코니는 '보치보치덴나(그저 그래)'라는 말을 꿈꾸듯 답한 뒤, 가게 안으로 들어가 버린다. 그녀는 사라지고 없지만 다다오는 다시 한 번 더 절규하듯 '모우가리맛카'를 외친다. 하루하루 벌어먹고 살아가는 이들에게 '또 다른 이주'나 '귀환'과 같은 것이 얼마나 사치스런 것인지, 얼마나 불가능한 꿈인지를 보여준다. 그래서인지 일본 영화 「러브레터」의 '오겐키데스카'보다 '모

재일조선인 택시노동자 충남과 재일필리핀인 종업원 코니. 이봉우 편저, 『'달은 어디에 떠 있는가'를 둘러싼 두세 가지 이야기』(1994, 사회평론사)에서.

'우가리맛카'란 인사말이 더 절실하게 울려온다.

영화는 비극적이지 않았다. 다다오는 코니가 새로 일자리를 구한 가라오케 바에 전화를 걸어, 야쿠자 목소리를 흉내 내 "개한테 몹쓸 병을 옮아서 아주 고생했다"며, 곧 쳐들어가겠다는 협박을 한다. 다다오의 예상대로 코니는 가게 주인한테 쫓겨나왔고, 가게 밖에서 택시를 세워 놓고 줄곧 코니를 기다리던 다다오는 이런 우연도 다 있느냐며, 어디로 가겠냐고 묻는다. '필리핀 마닐라까지'가겠다는 코니. 택시기사 다다오는 승객 코니의 주문에 따라 택시를 몰기 시작한다.

엔딩롤과 함께 택시는 도쿄타워 옆의 고가도로를 지난다. 그들은 '필리핀 마닐라'를 향해 달린다고 하지만, 그들이 언제 그곳에 도착할지는 알 수 없다. 그들의 고단한 삶이 계속되는 한 그들은 영원히 목적지에 다다를 수 없을지도 모른다.

그들은 '필리핀 마닐라'를 향해 달리기 시작했다. '핍박받는 재일조선인' 대 '핍박하는 일본인'이라는 이항대립의 도로를 빠져나와, '또 다른 마이너리티와의 소통'을 향한 미지의 샛길로 접어들었다.

재일조선인 택시노동자(충남)와 일본인 택시노동자(호소)   다다오(강충남)와 재일필리핀인 코니의 사랑이 영화의 한 축이라면, 또 다른 축은 '추(이름 忠男 가운데 '忠'의 일본식 발음)'와 일본인 택시노동자 '호소(성씨 細川 가운데 '細'만의 음독)'에 관한 것이라 할 수 있다.

'호소'는 소설과 영화 양쪽 모두에 등장한다. 소설 속의 '호소'와 영화 속의 '호소'는 비슷한 점도 많다. 특히 겉모습에 관한 표현, 이를테면 소설에서의 "몸집이 자그마하고 가무잡잡하다"든가, "썩은 두 개의 앞니가 검은 구멍처럼 내다보인다"는 식의 표현이라든지, 아니면 "겨울에도 맨발에 여자 게다를 신고, 1년 내내 회사에서 지급받은 감색 제복을 입는다"는 식의 표현은, '호소'의 모자람을 표현한다는 점에서 영화 속의 인물과 일치한다.

"아파트 계단에서 방으로 통하는 복도에는 빈 맥주병이 백 개쯤 있다"든지, "재래식 변소의 악취" 혹은 "먹다 만 음식 그릇에 모여 들었던 바퀴벌레", "골패짝이 흩어진 마작대", "곰팡이 핀 단무지" 같은 소설 속의 묘사(소설 77쪽) 역시 영화에서와 마찬가지로 '호소'의 게으름과 지저분함을 표현한다.

'호소'가 '조선인(조센징)'에 대한 편견을 갖고 있다는 점에서도 소설과 영화는 일치한다. 그는 "조센징은 교활하고 불결하고 교양이 없다"(소설 81쪽)고 인식한다. 따라서 소설 속의 '호소'도 영화 속의 '호소'도 모두 조선인을 싫어한다. 그렇게 인식하게 된 이유는 "그냥 옛날부터 사람들이 다들 그렇게 말하"고, 특히 "고향의 아버지 어머니 친척들도 다 그렇게 말하고 있기" 때문이라고 한다. '호소'의 편견은 스스로의 체험에 의한 것이 아닌 '풍문'에 근거한 것이다. '호소'가 실제 경험한 '조선인'이란, 소설 속의 인물 '야나(양정웅)'와 영화 속의 인물 '추(강충남)'가 유일하다.

하지만 영화 속의 '호소'가 소설 속의 '호소'와 반드시 일치하는 것만도 아니다. 영화 속의 '호소'는 소설 속의 '호소'와 또 다른 등장인물인 재일조선인 '이사무'를 합쳐 놓은 인물이다. 소설 속의 '이사무'는 오사카 이쿠노 조선인 부락에서 '강충남'과 함께 어린 시절을 보낸 적이 있는 인물이다. 권투선수 출신이었던 탓에 왼쪽 눈이 잘 안 보이고 오른쪽 귀도 잘 안 들린다. 부인은 도망갔고, 아이들 둘은 보육원에 맡겨 놓은 상태로 약간의 정신병마저 앓고 있다. 어린 시절 이사무의 어머니는 집을 나갔고, 어린 여동생 '요시코'는 양공주가 되어 미군의 팔짱을 낀 채 마을 어귀에 나타나기도 했다. 소설 속의 재일조선인 택시노동자 '이사무'가 영화 속의 일본인 노동자 '호소'가 되기 위해서는, 재일조선인 부락에서의 그의 기억을 지우는 수밖에 없다. 영화는 신체적 가정적 결함을 가진 택시노동자의 캐릭터만을 취한다.

소설에 나오는 게으르고 불결하고 교양 없는 일본인 택시노동자 '호소'와 눈도 귀도 모두 어둡고 가족도 산산조각난 소설 속의 재일조선인 택시노동자 '이사무'는 왜 영화 속의 일본인 택시노동자 '호소'로 합체된 것일까. 먼저 소설 속의 '호소'와 '이사무'를 각기 대하는 '야나'(영화 속의 '추')의 태도를 주목해 보자.

소설 속의 '야나'는 일본인 택시노동자 '호소'를 때로 이해하기도 하지만, 그보다는 충돌하는 경우가 훨씬 더 많다. 이를테면 '호소'가 '일본 천황'을 염려하는 발언을 하자, '야나'는 "현재의 천황은 피의 순수 배양 같은 것이어서 자기 같은 잡종보다 조선 사람의 피가 더 진할지 모른다"고 면박을 준다든지, 당시 일본에 유행하던 가수나 배우 혹은 유명 야구선수 상당수가 모두 조센징이라며 '호소'의 자존심을 긁어 내린다. 상처받은 소설 속의 '호소'는 잠자고 있는 '야나' 옆에 서서 "엉터리 같은 소리만 하는 조센징을 용서할 수 없다"며, "조센징 따윈 정말 싫다"고 외쳐 댄다. 그의 한 손엔 식칼이 들려 있었다.

'일본인' 택시노동자를 향한 '야나'의 시선이 싸늘한 반면, '재일조선인' 택시노동자 '이사무'를 대하는 '야나'의 태도는 무척 따뜻하다. 헤어진 '이사무'의 옛 부인이 나간다는 술집을 찾아 함께 헤매기도 하고, 보육원에 맡겨 두었던 아이 둘까지 불러낸 이사무가 회사 택시를 몰고 아오모리의 하치노헤이에 있는 자기 어머니를 찾아갔을 때, '야나'는 이사무의 연락두절 상태를 걱정하며 안절부절 못하기도 한다. 뿐만 아니라 '이사무'가 하치노헤이에서 체포되어 정신병원으로 가기 직전, '야나'는 경찰서로 면회를 가기도 하는데, 이때 그는 자신이 갖고 있던 돈을 모두 내놓았다.

하지만 소설 속의 '호소'와 '이사무'가 영화 속의 '호소'로 합체되는 과정은, 단순한 '물리적' 결합이 아닌 '화학적' 결합이라 할 수 있다. 영화 속의 '호소'에 대한 태도 속에는 소설에서의 '일본인 택시노동자 호소'를 향한 '비아냥'과 '재일조선인 택시노동자 이사무'를 향한 '연민'이 동시에 존재한다. 소설 속의 '호소'와 '이사무'가 합체된 영화 속의 '일본인 택시기사 호소'를 향한 감독의 태도는 '무한한 애정과 연민'으로 충만해 있다.

호소   나 미친 거 아냐. 단지 머리가 아플 뿐이라구. 짭새들이 날 병원에 집어넣으려고 해. 이번에 병원에 들어가면 언제 나올지 모른다고 그러더라고. 난 어머니를 만나려고 했을 뿐이야. 어머니가 죽은 걸 몰랐을 뿐이야. 모른 건 내 잘못이지만, 아무튼 난 어머니를 만나고 싶었어. 그것뿐이야, 추. 나 미친 놈 아니지? 나 병원에 집어넣지 않을 거지.

추   널 병원에 집어넣는 건 불가능해. 걱정하지 마.

호소　　그래… 난 추가 좋아. 조센징은 싫어하지만.

추　　　그래 알고 있어.

호소　　또 올 거지? 나 같은 가난한 놈한테는 어디 사나 마찬가지야.

　　　　(일어서면서) 추… 금방 갚을 테니까(一瞬) 돈 좀 빌려 줘.

추　　　(가진 돈을 전부 내놓는다.)

호소　　(내놓은 돈은 쳐다보지도 않고 경찰서에서 유치장으로 끌려간다.)

　　　　[영화 1시간 5분경]

　소설이 '재일조선인 택시노동자'와 '일본인 택시노동자'를 끊임없이 구분하고 있는 반면, 영화는 그 둘 사이의 경계를 무너뜨린다. 재일조선인보다도 일본어를 잘 구사하지 못하고, 더 가난하고, 몸도 더 허약한 일본인 '호소'를 향한 애정과 연민의 시선은 통념화된 '재일조선인'과 '일본인'의 대립관계를 역전시킨다. 돈에 쪼들리기는 '호소'나 '추'나 마찬가지지만, '호소'를 위해 가진 돈 모두를 내놓는 '추'의 모습에서 '일본인의 차별'에 분개하며 늘 충돌하는 전형적인 '재일조선인'의 그림자를 찾아보기 힘들다.

　일본에 사는 모든 '일본인'과 '재일조선인'을 각기 소속된 국적으로 전부 환원시키는 작업을 중단하고, 영화는 '재일조선인'보다도 더 소외된 '일본인' 혹은 '일본인'보다 덜 고립된 '재일조선인'을 등장시켜, 지금까지의 재일조선인과 일본인에 관한 '일반화의 오류'를 바로잡는다.

　그렇다고 해서 영화 속에서 재일조선인에 대한 일본인의 차별이

재일조선인 택시노동자 충남과 일본인 택시노동자 호소. 이봉우 편저, 앞의 책에서.

완전히 빠져 버린 것은 아니다. "조센징은 싫지만, '추'는 좋다"는
말을 '호소'는 끊임없이 반복한다. 일본 사회 속에 존재하고 있는
'통념으로서의 차별'이 여전히 뿌리 깊다는 것을 영화는 잊지 않고
보여준다. 전도된 이분법의 오류에 빠지지 않으면서도, 둘 사이의
'소통'을 향한, 힘들지만 힘찬 몸짓을 읽어 낼 수 있다.

4. 나가기

소설 원작도 그렇지만 영화 속 주인공의 이름은 하나가 아니다. 소설 속 주인공의 이름은 외국인등록증상으로는 '양정웅' 이지만, 호소로부터는 '야나' 로 불린다. 재일조선인에게서 흔히 볼 수 있는 본명(本名)과 통명(通名)이다. 영화 속의 주인공 이름도 다양하긴 마찬가지다. 어머니와 '코니' 는 그를 '다다오(忠男)' 라고 부르고, '호소' 를 비롯한 동료 택시기사들은 그를 '추(忠)' 로 부른다. 어떤 택시 승객은 앞좌석에 붙어 있는 운전기사 명패의 한자이름을 보고선 '가(姜)' 라고 부르기도 한다. 하지만 주인공은 자신의 이름이 어떻게 불리든 전혀 개의치 않는다. '아이덴티티' 란 고정불변한 것이라고 그는 믿고 있지 않다. 반드시 '강충남' 으로 불려야 할 이유가 없다. 그는 '재일조선인' 의 아이덴티티라는 강박관념으로부터 자유롭다.

딱 한 번, 자신이 재일조선인이란 것을 알고선 요금을 떼먹은 채 도망가는 승객을 붙잡았을 때, 그는 자신이 '가(姜)씨' 가 아니라 '강(姜)' 씨 임을 바로잡는다. '재일조선인' 이라는 선험적 존재의식으로부터 완전히 자유로운 것도 아니다(어찌 완전히 자유로울 수 있겠는가.).

영화 속의 주인공은 다양한 이름만큼 중층적 존재라 할 수 있는데, 따라서 그는 존재의 다양성만큼 열린 아이덴티티를 소유하고 있다. 그는 '재일조선인' 이라 해서 모두 동일한 존재로 여긴다거나, 무조건 '동의' 해야만 할 주체로 여기지 않는다. 같은 조선학교 출신

의 세 동창생의 관계는 이를 잘 보여준다.

영화는 '마마'와 '코니'와 '호소'를 등장시켜 '핍박받는 재일조선인'의 신화를 변형시키고, 제3의 마이너리티 '코니'와 마이너리티 일본인 '호소'와의 소통을 꾀한다. 소설이 1970년대 재일조선인의 닫힌 아이덴티티에 머물러 있다면, 영화는 1990년대의 열린 아이덴티티의 가능성을 반영하고 있다.

'달은 어디에 떠 있는가'라는 타이틀은 이 같은 재일조선인 택시노동자의 '아이덴티티'에 관한 은유적 표현이라 할 수 있다. 핍박하는 일본인과의 맞은편 길만을 줄곧 고집해 온 재일조선인들에게 1990년대란 결코 쉽게 해독될 수 있는 지형이 아니다. 새로운 길을 일러줄 이정표와도 같은 '달'은 좀처럼 보이지 않는다. 하지만 '달'은 재일조선인들의 가슴 속, 혹은 '코니'와 '호소'와 '핫삼'의 가슴 속에 이미 존재해 있던 것은 아닐까. '달'이 보이지 않는 것은 '달'이 존재하지 않기 때문이 아니라, 새로운 지형 위에 뜬 새로운 '달'을 그들이 인정하려 하지 않기 때문일지 모른다.